今晚月色好美

秋微 著

湖南文艺出版社
HUNAN LITERATURE AND ART PUBLISHING HOUSE

博集天卷
CS-BOOKY

每个人的黄金时代

从 1999 年出版第一本书，到现在整整二十年。

能坚持这么久，我自己也很意外。

写书始于一个"突发事件"。

那年在广告公司工作，帮一个当时的新贵品牌做推广方案，用一本书写一种生活方式。

方案通过之后，没找到能听懂怎么写软植文章的"作家"。

眼看推广期临近，我自己做的方案，被迫只能自己写。

由于品牌的助力，那本名叫《懒得哭》的杂文集竟然卖得不错，它给了我一个错觉，让我以为从此可以以写作为生。

接下来，在跟自己的较量中，一写就是二十年。

前几年，整个行业充满奇装异服的"资本"，部分码字的也眼看要时来运转。

然而性格决定命运，我这种没有大局观的人，不趁着行业的东风好好卖版权，而是特执着地一定要跟讨论交易的人谈创作，不识时务的本性，让一个好端端的变现过程，硬被我自己变成教训之旅。

当然也很难说哪个更值得，虽然没赚到钱，但是意外发现了另一种创作的可能，除了写作之外，我用了几年时间准备，让自己成了一个拍"作者电影"的导演。

过程当然绝非写出来的这么轻描淡写。

但凡能看到结果的事，哪一件不是经过千锤百炼。

我小时候有一部电影叫《烈火中永生》，这五个字，基本上是人生写照，对所有还想做成些什么事的人都适用。

前一阵再次看伍迪·艾伦的电影《午夜巴黎》，听剧中人讨论"黄金时代"，特别有感触。

有那么一阵子，我也有多个心向往之的"黄金年代"，远到从帝王到舞女的审美都仿佛驻扎在另一个更高维度的北宋，近到那个允许意大利导演日本作曲美国华裔主演在紫禁城完成拍摄最终获得奥斯卡奖电影的年头。

这大概是一种颇暴露内心有多"文艺"的喟叹。

"文艺"的核心是"悲观"，总需要借一个"求之不得"，才能让自己深层的软弱得以释放。

其实，每一代人，甚至是每一个人，都只有，也只能有一个"黄金时代"，那就是，此时此刻正在经历的时代。

因为，每个时代究竟是什么样子，取决于每个时代中人做过些什么。一个"黄金时代"的含金量聚合着的是那个时代的人共同制造的所有因果。

我们每个人正在经历的，不管主观上是不是喜欢都不得不承认，那不过是"自食其果"。

人到中年的好处是，只要具备基本自省能力，就会渐渐看明白宇宙中那个奇妙的"公平"——没有任何一件事会白发生，没有任何一桩善恶会被忽略。

因此，尽管过去的两年经历的困难是之前四十多年的总和，回看那一段，我依然确定：每一个选择都是最理想的选择，每一次遭遇都是必由之路。如果陷入焦虑或不满，最有效的消解方式是扪心自问：为了理想中的"黄金时代"，"我"为自己做了什么，以及"我"为"他人"做过什么？

对这两个问题有能力保持诚实的人，基本上就有能力对一切都"坦然接受"。是的，所谓"黄金时代"，如果不在"此刻"，也就从未且永远不会存在。

目录

今晚月色好美

CONTENTS

mamonaku

真正的「悲伤」，
向来都是「独自」的。

遇见旬之前

认识旬之前的那一个月，发生了好多事。

新年刚过，我忽然被自己一手创办的美容诊所清理出局了。

这意味着我不仅面临创业失败和财务损失，还要同时承受爱情和友情的双重背叛。

这次创业不是一个经过深思熟虑的结果。

事情的起因是我从供职多年的周刊辞职之后去首尔散心，在航班上认识了李成吾——一位做医美的韩国大夫，像他这样的人，在韩国通常被称为"院长"。

起初我们并没有对话，直到空姐通知飞机要降落，提醒大家关掉电子设备的时候，我跟李成吾同时发现我们分别用自己的电脑在看同一部电影，那是我最喜欢的意大利导演保罗·索伦蒂诺的《绝美之城》。

我已经忘了那是第几次看那部电影。

所以当发现邻座这位文质彬彬的陌生人有同样爱好的时候，"知己之感"蒙蔽了我作为一个成年人对世道的判断。

看事情后来的发展，也说不定是李成吾中途瞄见我在看这部电影，他才在自己的电脑上找出来播放。

我没有跟他求证过。

如果假象带来过快乐，又有什么拆穿的必要？毕竟，对一个女人来说，"快乐"比"真相"更重要。

就是这么个不知真伪的缘起，那天，因为那部电影，李成吾开始跟我聊天。

李成吾是个聊天高手，开口说话不到半小时，他就不动声色地把若干自我褒奖放在了看似自然的对话中。

我记得他在做自我介绍的时候是这么说的："如果可以，我会接受哲学家帕斯卡的建议，穿越回古罗马，去帮克里奥佩特拉做个缩鼻术，也许历史就改写了。哦，对了，我是医生，有个医美诊所在首尔的江南地区，可惜你看起来不像沉迷韩剧的那种女生，否则你看过的一半女主角的脸都是我的作品。哈哈。"

他就这样闲闲地把他的博览群书、对哲学家的熟稔、对审美的执念和他在他的国家所属的阶层及隐含的收入状况信手拈来地镶嵌在一个对自己的职业介绍的复句里。

对我这样一个热爱文史哲的人来说，李成吾这样一个信手拈来，轻松地让我从一开始就甘愿成为他的俘虏。

等航班降落的时候，我们才聊到古罗马法对世界的贡献。意犹未尽的两个人就自然有了再见面的约定。

在约好的地点喝了两小时咖啡之后。

李成吾笑说，首尔仅有的两个优点都在这儿了：一是促进了咖啡的销量，二是改变了亚洲人的颜值。

然后他忽然伸手过来，用拇指和食指顺着我的下巴向我的脸颊游走了两厘米，然后歪了歪头，注视着我说，如果这里再收一点点，你的脸型就完美了。

这样的一个突如其来并不显得唐突，我想那大概是因为李成吾手指的温度和触感，那是一种令人无法拒绝的带着王者般自信的温度和触感。

二十分钟后我就跟在李成吾身后去了他的诊所。

他的手法娴熟，判断准确，在跟护士和助手沟通时言简意赅，显得相当有威仪。

等打完针，我还处在面部涂抹的麻醉药带来的微微眩晕中，李成吾俯身微笑地看着我说，如果中国的女人都像你这样，我真希望可以长期去那儿。

后来我发现，李成吾总是在这种姿势下提出想法：对方躺着，他俯身微笑。

那成了他的惯技，想必总是能得逞。

我还没等脸上的麻药散尽就主动提出了合作的邀请，而他则在表演了几秒钟"意外"之后热切地同意了，看起来即将要开启的是一段"天作之合"。

对爱情抱有幻想的女人容易把一切偶然的发生看成"天意"，这类女人也容易把一切利益的驱使美化成情感。

我当时并不知道李成吾在跟我讨论来中国之前已经跟不少于十个不同背景、不同目的的中国女性暗示过同样的想法，而我是唯一自愿表示出全资的那个。

我也不后悔自己当时的冲动。

毕竟我的奋不顾身不完全基于李成吾的诱导。

那时候我刚从工作了十多年的周刊离职，正处于前程未卜的焦灼阶段。

我在那个曾经是业内领军角色的周刊做人物访问记者。

那几年纸媒以无法挽回的颓势快速走向末路，对有深度的人和深度对话有兴趣的读者越来越少。

整个职业生涯唯一留给我的财富似乎就是那十年当中采访过的数量可观的"人物"，李成吾的出现让他们中属于演艺界的那部分人成了有机会转化成生产力的"目标人群"。

作为一个资深的北漂，早年随大溜在北京购置的房产卖了刚好可以作为创业的资本。

李成吾对这件事的积极态度是加速实现的关键。

我最不想承认的是，他对我用了一个庸俗但有效的方式，那就是"爱情"。

到今天我也不知道在创业最初的两三年，他对我的种种积极表现，纯粹出于想要成就事业的策略，抑或是也多少动了一点真心。

我不想知道答案。

况且，作为一个成年人，每一步推进都是我自己做的选择，包括让余芊芊成为合伙人。

余芊芊曾经是我多年的闺密，自己开了一家不大的美容院。她具有奉承他人的天分，她对所有客人的称谓都是"姐"，对姐之外的一律统称"哥"，似乎她人生最大的乐趣就是满脸堆笑给全世界成年人当"妹"。

是我主动找的她。

原本这看起来是一个合理并稳定的组合——我出资，李成吾出技术，余芊芊负责运营管理。

然而，我高估了爱情和友情。

或者确切地说，我高估了我自己在这样的爱情和这样的友情中的价值。

事情的发展是，当诊所开始赚钱，当我手里"客人"的资源尽数转给余芊芊，成了她的"姐"和"哥"，当被李成吾俯身打动的人越来越多，我成了这个合作结构中最无关紧要的人。

他们两个人丝毫没有受到情义羁绊，让我适时出局。

作为一个从小被我妈教育凡事必先"自省"的人，我在出局后首先检视了自己的行为。

的确，李成吾之所以快速地在北京朝阳区成为有知名度的"妇女之友"，是源于我的推动。

李成吾外表不算出众，但有长期健身的习惯，因此身材不差。又擅长观察和取悦女性，且不拘泥于某个类型的女性。

我在旁观他无往不利地把一个个不快乐的女人变成跟他谈笑风生的客人的过程中，不知道哪儿来的自信，竟然主动提出隐瞒我们的情侣关系，好让他继续用"单身大夫"的"黄金身份"笼络那些寂寞的女客人，以便扩大生意。

事实是，我的"策略"的确奏效了，那些来找他看诊的中年妇女到达一定数量后，他也渐渐成为大家"争宠"的对象。

只要有竞争就容易形成可持久发展的"江湖"。

当我还在对李成吾成为被众女性客人角逐的目标而窃喜时，忘了考量，我对他并没有什么关键的控制力。

最初，我以为我的隐姓埋名会换来我们两个的人财双收，结果，我的男友李成吾和我的女友余芊芊人财双收，并让我成了"前任"。

因"自省"之故，我没有怨天尤人，从此一蹶不振。

也许是自欺欺人，我在彻底人财两失之后，还自我蒙蔽地算了一笔账：如果最初我投资的那些钱平均分配在李成吾出现在我人生中的每一天，差不多相当于每天我要付两千块人民币。

我冷静地问自己：那些时光，值不值那些钱呢？

答案竟然是肯定的。

并且，李成吾也不算恩断义绝，在他的主张之下，我最初的投资款被退回了一多半。余芊芊对没退部分的说明是"以股东折扣扣除的店内医美消费"。

在跟律师分析完所有相关法律文本，得出我不太可能争取到更高利益的结论后，我接受了这个结果。

李成吾还特别跟我解释说"没有收人工费"，也就是说，他个人劳动的部分是免费的。

他对我解释这句的时候，我们两个人在他的"院长办公室"。

我环顾那个我亲自参与设计的空间，问他："你说的'人工'是指我们之间一切围绕'床'的行为吗？"

他听完这句，竟眼圈一红，然后像劣质韩剧中的男配角一样把眼镜摘掉垂下头皱着眉头捏他的鼻梁。

我没等他捏完就起身走了。

我不愿意看他假装的伤感，这不仅伤了我的感情，还会伤害我对他的"骄傲"的美好记忆。

为了报复，我在关门之前扭头丢下一句："你的确不应该收人工费，你站在床旁边操作针管的表现比你在床上操作你自己那根'针管'的表现强多了！"

这是我的教养能允许我说出的最恶毒的话了——对一个我付出过真心的人。

如果把"情感"从一切跟交易有关的行为中剥离，或许事情就会简单很多。

我在看清事实之后，没再做任何徒劳的纠缠，因为我知道，所有表面上看起来像是为"利益"做的争取，究其根本都是因为感情方面的伤害。

真有能靠"利益"抚平的"情伤"吗？
我不信。
因此，我挺干脆就离开了。

也许这世界上真存在因果报应。
五年之后，那家诊所因为一个医疗事故被清查。
还有另一个说法是两个旗鼓相当的妇女争夺李成吾未遂，因爱生恨，联袂陷害了他。
真相就不得而知了。
总之，李成吾和余芊芊分别因为"非法携带药物入境"和"商业诈骗"的罪名被查。
据说最终诊所缴纳了巨额罚款，李成吾被长久地限制入境，余芊芊则因某个整容失败的愤怒的"姐"不依不饶地控告成了阶下囚。

而我，则在那年因寻求内心疗愈去了东京。

大概是宇宙之间的某个高纬能量对我那一段受伤的补偿。

在东京，我遇见了旬。

1. 旬

认识旬是在涩谷 JR¹ 站外面的吸烟区，我向他借打火机。

在点着手里的烟，把打火机还给他的时候，我笑笑说："其实我不抽烟。"

旬看了看他自己右手中正自行燃烧着的那支烟，笑了笑说："我也是。"

我们就这样认识了。

半年之后，旬发明了一个可以扫码操作的打火器，安装在公共吸烟区。

根据旬的说法，在我向他借打火机之后，他心里默默想着：如果一个女生，独自在外，想点烟又没带打火机，又不好意思向陌生人开口，要怎么办？

我笑说，如果你早点发明，我们就不会认识了。

──────────────

1 JR，即 Japan railway，日本的轨道交通，类似于中国的火车或地铁。

旬说，不论怎么样，我们都还是会认识。

又说："是在认识你之后，我才开始发明的。而且，我所有的发明好像都是为了认识你，或因为认识了你。"

旬说的这句，也算是事实。

而我，宁可把它当作纯粹的情话来听。

旬的职业，并不是"发明"。

他大学时候学的是建筑，毕业之后在一家建筑师事务所工作。

他的诸多"发明"，的确是在跟我交往之后。而那些发明，后来在我心里变成一道道介乎感动和受伤之间的沟壑。仿佛原始人在山洞中的石刻一样，每一个，都是用了一番力气和心思凿出的，每一处，都是有独特承载意义的图案，它们跟心房成了一体，记述着只有当事人才真正了解的"心图"，以另一种形态意外地实现了"永不分离"。

要知道，并不是每一段记忆都会这样，更不是每一段记忆都值得这样。

那天在 JR 车站旁边的吸烟室，我问旬借了打火机。

等那根烟燃烧完，我问旬附近哪家店的咖啡比较好。

他看了看我的鞋，又抬头看了看吸烟室外面，像是在目测距离，说，十字路口的另一边有一家还不错。

紧接着又说，我带你去。

就这样，我跟在旬身后穿过涩谷车站前的那个人潮汹涌的十字路口。

那个十字路口，每个行色匆匆的路人都一脸自信，看起来好像都很清楚地知道自己将要走向哪里。

我混在人群中，感到了微微的自卑，因为我并不知道自己要走向哪里。

那时候我刚经历完失恋和失业。我对人性的怀疑动摇了对自己的信心。

当这个自卑的念头刚冒出来，正要以一股小小的悲伤袭上心头时，走在我前面一米开外的旬忽然转回头，好像怕把我搞丢了一样关切地看我。

不知道是不是他的关切很动人，我这才发现，旬长着一张好看的脸庞——在向他借打火机的时候我并没有发现他的好看。我选择向他借打火机，只是因为他不像旁边的另外几个抽烟的本地人一样有太过明显的大都市特有的冷漠。

我跟在旬身后到了一家咖啡店。

他请我喝咖啡，我也就自然地让他请。

说起来有点悲惨，我并不是一个能够随时坦然接受男性接受男人请客的女人，哪怕只是一杯咖啡。

如果不是这种不自信，当初我也不会第一时间主动向李成吾提出我要出资。

旬则带着特别的气场，他的存在自带一种我不熟悉的放松感。

我们坐在窗边的座位上喝咖啡。

大概二十分钟，有一句没一句的，也没说什么。

这倒不是因为语言障碍。

旬说还算流利的英文，这在日本人中并不多见。

重要的是，我的英语也是类似的程度。

语言障碍通常存在于程度有差异的人之间。

我们实力相仿，因而交流顺畅。

尽管如此，对话并不多。

"不用对话也没有不安"，不是我生活的常态，但它成了我跟旬在一起的常态。那种感觉，怎么说呢？有点像空气中忽然充满薰衣草的气息，无影无形地就驱散了心底隐约的焦虑。我们坐在窗边喝完咖啡，不知不觉就黄昏了。

东京的黄昏来得特别猛然，前一秒还奔放的光芒，下一秒就退场成一片去意已决的昏黄。

那种猛然，带着巨大的宿命感，像葛饰北斋晚年时期作品的调调。

旬面向窗外的黄昏，闲闲地问我，你喜欢咖啡啊。

我说是啊。

他说，明天，明天我带你去一家更好的咖啡店。

我说，嗯。好。

我们不像刚认识的样子。

回来的路上我在想，为什么旬笃定地认为我第二天一定没有安排，这太不符合一个观光客的风格了。

而我，作为一名初来乍到的异国女性，竟然也没有装一下很忙，就听之任之让他安排了下一次喝咖啡的时间。

第二天午后，我从原宿车站走出来，在约好的时间、约好的站台，看到已经等在那儿的旬。

旬在看到我之后还是没有太多寒暄，就直接带我走去那家咖啡店。

我走在他旁边，留意到香水味是昨天没有的。

我心里笑了笑。

那家店后来成了我们最常去的咖啡店。

它也曾经是整个东京我最爱的咖啡店。

在我们分手之后不久，那家店也关张了。

这两件事当然没什么关联性，但它步我们的后尘忽然结束，加剧了我的感伤。

一家好好的店没前兆地关张，在东京并非稀松平常。

被称颂的所谓"匠人精神"中，最动人的部分难道不就是一份地久天长的决心？

而我，明明在那家店的每一杯咖啡中都感受到了那份决心。

可它还是结束了。

结束在我跟旬分手之后。

再后来，在同一个地址，又开了一家新的咖啡店，换了装修、换了咖啡豆，也换了咖啡师。

还是很认真的一家店，还是能闻到空气里飘着的"决心"的味道。

然而，物是人非。

好像在坟墓上重建了楼阁，作为故人的我想在原地纪念也是不行了。

世界就是可以这么无情，总有一些让你为之倾倒的东西，不知道哪一天，没有告别地说没就没了，那种彻底，好像带着恨意，一定要泯灭到无影无踪甚至是被取代，让你拿不出证据证明你对他的那一往情深，确实存在过。

我在当时没预见到那个咖啡店没几年之后会彻底消失。

我不知道如果我有预感，还会不会在第一脚踏入院门的时候，就毫无保留地爱上它。

就算很爱，在之后很长时间，我自己的话是找不到那家店的，可能也因为自心底就没打算自己去找。

仿佛是从第一次同行，旬在涩谷那个人潮汹涌的十字路口回头看我的时候起，我就对他自然而然产生了依赖，我们之间始终的默契，是从此不论去哪里，都是他带我去。

起初是他走在我前面一米左右的地方，每隔二十秒回头确认一下我是不是还在。

等我们成为情侣，他就牵着我的手走在前面。再后来，我会瘫在他臂弯里被他推着走，或用一只手臂挂在他脖子上靠着他的身体前行。

不管姿态怎样，去哪里都是旬决定。

那天去那家咖啡店就是那样，旬带我走在表参道上。
表参道的人潮和涩谷一样密集，不知道是不是我的心情比前一天更好一些，放眼望去，感觉走在表参道上的行人更加养眼。

我正欣赏着迎面而来的一些有自己审美态度的路人，旬忽然带我转进一条巷子，顺着那条巷子没走多远又拐进更窄的一条小路。
人流的密集度越来越低，环境也跟着安静起来，又一会儿左一会儿右地转了几次弯之后，旬转头对我说，到了。

就算如此大费周章才能找到的地方，还是有很多人在排队。
我们站在队伍里十几分钟。
东京，或是说整个日本都有着这样的公平，只要真的好，不论再怎么难找，也还是有些人执着地就是能找到，且愿意为找到的付出等待。
的确，那个庭院的美和咖啡的香，让步行和等待的时间都是值得的。
像中国话讲的"酒香不怕巷子深"。

等我再去东京，旬送我一只编织的手镯，材质和宽度在手腕上的感觉都很美。
他帮我戴在左手的手腕上，又伸出他的右手给我看，在他的右手腕上，有一只不同颜色但同一款式的。
"我自己做的。"旬说。

我正在脑海中搜罗用什么词赞美他，他从口袋里掏出一个大概二十厘米长的编织绳，绳子的两头有两个搭扣，可以分别扣在我的手镯和他的手镯上。

"有时候，我们走在人多的地方，要侧身或牵不到你的手。那种时候，好怕把你弄丢了。"旬说。

我看着手镯笑问："像不像遛狗？"

"不像。因为两个人都有同样的力量在手上。"旬很认真地解释。

他又说："像帆船。人和风之间，是同心协力，没有谁在主导。"

我笑起来。

旬不懂我笑什么，有点窘迫，好像做错了事。

"我很喜欢。"我对旬说，"你知道为什么吗？"

他摇摇头。

"因为它很美。"我说，"很多时候，只要美就足够了。"

在我们分手之后，有一次我偶然翻到一部北野武早年间拍摄的电影《玩偶》。

看到里面牵着绳索走在路上的情侣，我独自对着画面哭了很久。

那天从咖啡店出来，旬像个导游一样陪我逛了几家开在巷子里的小店。

等再回到表参道的主路上，又是黄昏了。

我在十字路口等红灯时对着空中闻了闻，跟旬说，忽然想吃咖喱。

旬仿佛有备而来，指了指路口说："那边有一家，还不错。"

就是那样，初到东京的前四天，每天旬都带我去不同的地方。

有一天是去代官山的茑屋书店。

旬带我在书店里的星巴克买了咖啡，我在隔壁书架上选了两本画册，就跟旬并排坐在靠窗的台阶上看自己选的书。

等看累了，他又带我去二楼听了现场的爵士乐演出。

上楼之前，旬带我去丢咖啡杯。

他认真地演示怎样把咖啡杯"肢解"之后分别丢进不同的洞口，动作娴熟。

我带着敬意学了一遍。

半年之后第一次去旬的家里吃晚饭，饭后他也是以同样的认真坐在饭桌旁教我怎么分门别类地丢垃圾。

他对垃圾的态度很"童叟无欺"，好像对那些完成了使命即将被丢弃的物件持有佛性的敬意。

我也一样是带着敬意照做。

旬凡事都认真，不太区分事情的大小。

回想起来，我竟然忘了告诉旬，他认真的样子，很动人。

从茑屋书店走出来，旬问："明天你想不想去看一个展？"

"想。"我回答，"但我想先弄弄头发。"

旬看了看我说："我帮你预约。"

我点头。

他就打了几个电话。

打完电话说："我先陪你去筑地鱼市吃午饭，然后下午就可以去弄头发了。"

筑地是我要求去的。

翌日正午，我们在那儿排了二十分钟队，又用了不到十五分钟吃了一碗鱼子饭。

几年之后我在新闻上看到筑地鱼市搬迁的消息，又回想起跟旬刚认识的光景。

顿时"无常"感再次涌上心头。

这世界上的变化远远比我们以为的要快速和密集，只不过，我们的能力有限，对"拥有"产生了过于盲目的乐观。

离开筑地鱼市，旬带我去了约好的发型屋。

我弄头发的时候，他就坐在等候区看书。

等我弄完头发，旬执意付了钱。

从店里走出来，我对旬说："如果在我们国家，你这样对一个女生，就是在追她了。"

旬抬头看了看天光，好像要确认他脸上的表情不会被看透，然后说："在我们国家也是。"

就算对我而言这是一场再明确不过的一见钟情，听到旬这么说，我还是意外了一下。

那天独自回到酒店，在夜幕中看着远处的东京塔，想着，也许我心里一直有一个不知道从何而来的认知，那就是，才失恋的人，不配遇见爱情。

很多女人不够幸福，经常都是源于在内心里，她们认为自己不配幸福。那时候的我大概也是那样吧。

第五天，我没有跟旬见面，倒不是因为前一天的对话，而是我在到东京之前并未料到会遇见旬，所以早早给自己安排了两天京都的行程。

在京都逛寺院的时候，我常常想到旬，想着他如果在就好了。人真是很容易适应更舒适的生活，才不过几次见面，我已经开始"习惯"跟旬在一起的时光。

在京都的那两天，旬会发短信问我旅行的感受，语气没有特别浓烈，但频率保持着黏度。
那天走在金阁寺，我向神明提了一个问题，希望能得到启示，让我知道我跟旬是哪一种相逢，又将会走向哪里。
神明没有马上给我答案。
我对着金阁寺水中的倒影发呆很久，不知道为什么，就生出许多悲观。
如果这不过是萍水相逢，那我是不是可以不管了啊。
我这样想着。
但问题是，我也不知道怎么做，才能配合"不管了"这个想法。

到京都的第二天，旬发短信问我："睡得还好吗？"

我说："到日本之后就一直睡不好。"

他问为什么。

我说："我怕黑。"

他很"直男癌"地建议说："开着灯睡会不会好一些？"

我气馁，说："太亮也会睡不着。"

他好像终于听懂了，回复了一个尾音很长的"哦"。

以我过往有限的爱情经验和教育的束缚，我对一个才见了四次面的男生的暗示也就只能到这个地步了。

等回到东京，旬到车站来接我。

他说预订了一个吃晚饭的餐厅。

他说的时候带着好像要给我惊喜的语调。

那是我们第一次一起吃晚饭。

那天晚上八点，我跟旬进了一家料理店，在吧台前等上菜的时候，他跟店主说了些什么。

店主连连点头，热情地拿起遥控把不远处挂在墙上的电视调到了一个国际频道。

那个频道正在转播中国的春节联欢晚会。

旬要了两杯酒，等酒端上来，他看着我说，他在网上查过，中国人在农历的除夕都是要看春晚的。

然后举杯，脸上的笑容像得了高分的小学生。

那大概是我在那几年里看的最完整的一次春晚。

我一边看一边不断地给旬讲解。

我们兴致高昂地吃了很多食物，也喝了很多酒。

真是一个愉快的除夕夜。

从餐厅出来，我们在大街上走着。

我说："我很久没有笑得这么彻底了。"

旬说："我也是。"

"你喜不喜欢赵本山？"我问。

"喜欢！"他回答。

"有眼光！"

"你不是也喜欢北野武？"

"也是哦。"

"话说这两个人的感觉还真的有点像呢。"

"哈哈哈。"

"哈哈哈。"

其实也并没有说什么好笑的话，但两个人还是一边走一边笑了一路。

走到一半，旬牵起我的手。

东京的冬天很冷，旬把我的手放进他的口袋里，像不放心似的，一直紧紧握着。

就算是冷，我们也还是不肯坐车，就那么走着。

在快走到酒店的时候我再次暗示了我怕黑这件事。

旬对此表示出非常在意地不断点头，轻声说了好几个"don't worry（放心）"。旬有好听的嗓音。

到了酒店，旬跟我一起进了大堂，不知是酒精的作用还是我自认为要面对一个不知前路如何的决定，我开始紧张，把手从旬的口袋里抽出来。

旬的手没有强留我的手，跟我走到电梯口。

然而，他只是把我送进电梯就作势告别了。

我没有预料到这个结果，心里没有可调用的经验，只好茫然地接受他放开跟我的拥抱，茫然地接过他递给我的一个纸盒。

然后傻傻地独自走进电梯。

在电梯门就要关上的瞬间，旬忽然趋前一步，我赶紧按了"开门"键。

在电梯门关闭又重新开启的三秒钟，我脑袋里迅速出现很多画面色情的幻想。

然而，旬并没有要跟进电梯的意思，只是一边在口袋里找什么，一边说着："等一下，那个……"

我只好又从电梯里走出来，看着旬从口袋里摸出一个红包递给我。

他说，那也是从网上查到的，说中国人过年要收红包。

他用两只手递过红包，郑重其事地说："春节快乐！"

我啼笑皆非地接过红包。

接着，他就像完成了重大的任务一样，开心地长嘘一口气，再次鞠躬目送我进了电梯。

电梯门合上，没有再次打开。

我在电梯上行的过程中以最快的速度醒了酒。

这是一个令人意外的结局。

我有点挫败，回到房间，把旬给我的盒子丢在一边。

等我们成为情侣之后，我问旬，为什么那天他没有留下，他说，如果就那样留下来，会不会冒犯？

我说，不会啊，我已经邀请你了。

他好像很迷惑地说，你没有啊。

我说，怎么没有，我都跟你说了我怕黑。

他说，是啊，我听你说你怕黑，才思考了一整天，给你准备了那个礼物。

那晚，我有点失落地回到房间，把旬给我的盒子丢到一边。

我正仰面躺在床上发呆，旬的短信发过来了。

他问：你打开看了吗？

我就去把盒子打开，看到里面有一件叠得很整齐的 T 恤。

我回短信说：打开了。

旬说：你穿上试试看。

我强打精神爬起来，把 T 恤穿上，那看起来就是一件普通的白色 T 恤。

旬又发短信问：穿好了吗？

我回：穿好了。

旬说：你把灯关掉。

我走到门口，把开关按到 off（关闭）。

那件 T 恤亮了起来。

我走到穿衣镜前面，看到自己胸前有一排荧光字写着"I'm bright"。

当时的画面好像一部文艺调性的灵异片。

我对着镜子大笑，赶紧把灯打开。

后来，旬详细地跟我解释了他的发明心路。

"如果你怕黑，又怕开灯，那唯一的解决办法，就是把你自己变成发光体。这样子的话，就又不会全黑，又不会有光线刺眼。"

说完他又补充道："而且，你就是很 bright 啊！"

旬露出笑容，看得出他对自己用的这个双关语感到满意。

旬的笑容很温暖。

在后来那次听他说完他的"创作思路"之后，我们长久地拥吻。

旬很有拥吻的天分，他知道怎样用唇舌在一个扎实的拥抱之中以渐进的力道"席卷"，那种兼具安抚和撩拨两种元素的席卷，既像征服又像诱惑，让随之而来的所有悸动都充满非如此不可的热忱。

人类最正能量的冲动就是让自己觉得那个即将要发生或正在发生的行为是"非如此不可"的。

我穿着写有"I'm bright"字样的 T 恤独自躺在酒店的大床上忍不住一阵阵笑起来的时候还不知道旬是那样一个拥吻的高手。

第二天，我收拾行李准备回国。

旬按照昨天约定好的时间来送我。

酒醒了之后的两个人，都拿捏出了一些隔阂，好像要模糊掉昨天酒后的亲密。

和大部分时间一样，我们一路都没有太多对话，也没有再牵手。

旬帮我拖着行李，陪我走向电车站。

在滚动的自动轨道上，广播中不断重复着提示。虽然我完全不会日文，但清楚地记得被反复重复的一个词，"mamonaku[1]"。

不知道什么原因，我觉得这个词很温柔。

旬一直把我送到机场。

等到了机场，我走进出发口的自动门转身向旬挥手道别，我们也没有说什么有特别意义的告别的话。

在飞机上，我闭起眼睛回味跟旬认识这几天的画面，虽然我知道，这一场相逢是那么不同，但仍旧无法确定，短短一周时间到底能意味着什么。

我在回味的过程中慢慢向梦境过渡，忽然，隔壁座位的一位长者推醒我。

我不解地看他，他指着窗外，兴奋地用英语说："Fuji Mountain！"

我赶紧看向窗外。

---

1 即一会儿，不久。

果然，在云影之下，能清楚地看到青白色的富士山。

我回头感激地看着叫醒我的那位长者，他正一脸雀跃的表情，那表情分明应该出现在我的脸上。

连我自己都忘了，在出发去日本之前，我默默许了一个愿：如果旅途中能看到富士山，就代表着我有"重新快乐起来"的可能。

就算是"快乐"这么重要的许愿，我在到了东京之后竟然也淡忘了。
谁知，被自己忘记的愿望，冥冥之中，还是被天体中的某个力量记得。
且也算是用后面的时光兑现了那个愿望——不久之后，我的确是拥有了"重新快乐起来"的可能。

2. 北京、东京

从东京回北京两周之后，旬在我的记忆中出现的频率渐渐开始降低。

我强行让自己认为，旅途中遇见的人格外容易被美化，因为在内心深处，不会重逢的"遗憾"是最具备蛊惑力的情绪，有了"遗憾"的加持，太多不见得真需要的情感会被渲染成必需。

那么旬呢？
我试着用"旅途"和"遗憾"的逻辑审视我对旬的记忆。
他是真的像我记忆中一样好，还是因为经过我悲情化的浸染被过分演绎了？
这样的疑问，实则是为了安抚自己。像村上春树说的："哪儿有人会喜欢孤独，不过是不喜欢失望。"

经过努力，两三个月后，我几乎快把旬和东京的那几天给忘了。

那时我找到了一份新工作。
与其说是工作，不如说是"赚钱之道"。
以前在周刊的一个领导辞职出来创业，融到一笔钱，需要找几个职业写手写公众号。
写文章本来就是我的专长，还能自己挑选题定内容，简直得偿所愿。
拜我有远见的领导所赐，我的公众号出现得早，当时给我带来的收入不久就远远超出了我的预期。

公众号内容是写医美和美容院的。
最初选这个主题是出于泄愤的目的。
虽然对李成吾的旧情已尽，但那段挫折带来的受伤感则转成了慢性，总会找一些身心脆弱的缝隙不定期发作。

因此我的文章多以潜伏在业内的"知情者"的角度披露医美和美容院的各种套路跟陷阱。

大概是文章写到的问题具有普遍性，再加上领导找了专门的团队做推广，时来运转，我竟然很快成了知名的公众号作者，甚至有品牌开始在我的公众号中投放广告。

果然所有经历都不会白费。

我完全没想到，当初经历爱情、创业和被背叛的过程，让我无意中累积的医美常识，有一天会变成收入。

这真是讽刺。

当然了，赚钱总是令人开心的。

尤其是意外之财。

更讽刺的是，我还用公众号赚的钱找新的医美诊所打了美容针。

就是那天，我正顶着一脸新注射的蛋白线在新光百货一楼的一家咖啡店发呆，手机显示了一个境外号码。

我犹豫了一下接起来。

电话那边是旬。

一小时之后，旬出现在我面前。

又两小时之后，他就要走了，因为买的是当天往返的机票。

旬说："我只是想确定，那几天，我是不是的确遇到过你这样的一个人，还是说一切只是我的幻想。"

又说："我找不到你真的出现过的证据，想讲给别人听，恐怕也没人相信。"

还说："时间越久，清晰的越清晰，模糊的越模糊，如果再不见到你，我就要陷入对自己的怀疑了。"

听了这些话，我看起来没什么特别的表情。

后来每次听旬跟别人赞扬我说他喜欢我不论发生什么都"情绪稳定"，我都会觉得好笑。

那并不是真的"稳定"，而是面部才进驻了一些物质，妨碍了表情的生发。

时间正值北京晚春，那天有雾霾，满街都是残雪一样的杨柳絮，在雾霾中忽隐忽现。

特别适合配一首黄霭写的歌。

我面无表情地开车送旬去机场，他默然不语地看着窗外恣意飞窜的杨柳絮，脸上带着点受到震慑后的凝重，不知是在欣赏还是单纯被吓住了。

那是旬第一次来中国，第一次到北京，第一次见识雾霾和杨柳絮。

我们分手很多年之后，一次旬和我共同的一位朋友回忆起我跟旬的恋情，向我转述了旬对他说过的一段感言。

旬说："东京像一个清澈的淡水湖，体面、平静。里面有秩序地生存着我们这样的人。好像锦鲤，乍看之下个个都色彩斑斓，体态健硕，但像是集体受了什么制约，不会有'意外'。北京则像一个不知道从哪里冲下来的瀑布，快速、刺激、看不透规则，或许还有点莽撞，但总觉得什么时候会忽然从瀑布中飞出来一条龙。"

我不知道在我们交往的那两年多，旬几次行色匆匆来北京，是什么让他产生了这样的感想。

也许我们都是"不识庐山真面目，只缘身在此山中"。

就像我眼中不一样的东京。

"我好喜欢这个名字——'青山'。"

有一天走出根津美术馆，我对旬说："这名字让人想到我们中国明代有位文学家，写过一句'青山依旧在，几度夕阳红'。"

"这是什么意思？"旬问。

"这句的意思，就是讲人生太匆匆。"我说。

旬眯起眼睛，过了很久才说："我工作的地方就在南青山，每年我要在这条路上走至少三百次，但从来没觉得它有什么特别，好像一切存在都是理所当然。直到你告诉我这句词。你真的很特别。"

"我也从没有觉得自己有哪些特别，直到你告诉我。"

我笑说。

那天送旬到北京机场，下车前，他从口袋里拿出一个盒子，在我面前打开，从里面拿出一条项链。

项链坠是这样一个字：慈。

旬说，我离开东京之后，不知为什么他忽然开始对汉字特别有兴趣。

"那天看到慈和悲这两个字，忽然有所感触，好像经历了几个世代依旧在一起的情侣，有种不可分离感，仿佛长久的彼此成全，成全出了天意。"

那条项链，从那天起成了我最喜欢的首饰，戴了很多年。

直到去罗马旅行，途中不知道什么时候项链丢了。

我跟旬在交往时，一直憧憬一起去罗马。

那时候总觉得时间还很长，好像怎么活都活不完。

没料到的戛然而止，把许多计划都斩断在想象中。

"我相信万物有灵。"

"我也相信。"

这两句，旬跟我不分前后地说过多次。

不知道那条项链是不是被信出了灵魂，自己把自己留在了罗马，也算成全了我和旬的念想。

回到旬初到北京的那天。

我把他送到机场"国际出发口"，站在车门口目送他。

旬走进去又转身，想说什么又似乎不想太大声，就站在原地，跟我隔着几米的雾霾和杨柳絮。

我向他挥手，他也向我挥手。

两个人只管挥手，都不肯先走。

我看着他，不知道为什么，想到走在雪地上的贾宝玉。

旬站在机场的样子，好像一幅重复发生了不止一辈子的画面。

无端而来的熟悉感，让他在我的视线里渐渐成了唯一有焦点的人像。

我像忽然得了青光眼一样，不再看得清他周围的任何人或物，就只是看他，在心底深处看出了巴洛克时期的乐声。

那天的告别是怎么结束的，我想不起来了。

那以后的两年半，我们又在北京机场和东京机场重复告别过无数次，不论是他送我，或我送他，每次都是两个人远远地挥手，都作势不肯先走。

然而，终于还是有人要先走。

3. 旬和我

"你为什么喜欢我？"我问旬。

"我不知道。"旬回答，一如既往地诚实。

"只是，好像觉得被你叫醒了。"他说。

"我不是故意的。"我说。

"我知道。"旬说，"那天在涩谷车站遇见你之前，我已经有快一个星期都没说过话了。那时候我经常会那样，就忽然很久都不说话。在工作的地方不需要说话。跟父母，不想说话。朋友之间嘛，又觉得很多对话都是废话，其实不说也可以的。有一阵我甚至觉得，'说话'是一件很多余的事。直到那天遇见你。你问我，我不得不说话。"

"怪我咯。"我笑说。

"也是啊。"旬也笑笑。

我想了想又说："会不会因为，我们说的都不是母语？"

"也有可能。"旬认真地思考，并没有把我的调侃当成笑话来听。

接着他又回到自己的沉思。

沉思完回忆道："总之那是很特别的感觉，好像内心有一个声音对我说，她来了，一个可以跟你说话的人。不用再躲避，可以说些什么，可以了。"

旬说着这样的话，令我感动。

那么我呢？我为什么喜欢旬？

旬没有问过我。

我这样问自己。

通常如果一段情感能清晰地说出理由，总归是可疑的。

但我又的确有一些答案。

这些答案，是我在离开旬之后漫长的回忆中的总结。

旬是一个周到、贴心而细致的人，在他之前，我从来没有认识过任何一个男人，对一些看起来单一的小事，如此专注且细致入微。

一次旬带我去一家很有名的店铺吃荞麦面。

我看他示范，笑他："如果在北京，吃面条这么大声，别人会觉得我们很粗鲁。"

旬停下来眯起眼睛看我。

为了不破坏他特意带我到这家老店的兴致，我转了一下话题说："这大概也是一种形式的'巴别塔'。上帝不仅分化了语言，也分化了习惯。"

旬认同地点头。

然后他详细地向我解释为什么荞麦面要连汤汁一起用力吸食。

后来许多次他来北京看我，我留意到，不论我带他吃什么面条，他都吃得默不作声。

周到的意思，是关照他人。

旬是周到的高手。

那天，我入乡随俗，跟着旬的样子学怎么吸食荞麦面。

大概是我们讲英语的缘故，隔壁桌四个观光客，美国人，主动打招呼，加入到跟旬学习的队伍。

那顿午饭吃了很久，一桌人从怎么拿筷子更灵活开始，从食物一直谈论到建筑。

"建筑"是旬的专业，他从我们当时使用的器皿，到那个面馆古典的木质屋顶结构，跟那几位美国人讲了很多东方人对"木头"的执念。

美国人对一切回应都是略夸张地赞赏，那种赞赏，和日本人对他人也会略夸张地赞赏不太一样。

整个午饭，旬为了示范吃了很多荞麦面，远远超过他正常的食量。

从荞麦面店出来，站在红绿灯路口等待过马路的时候，我问旬："日文'我爱你'怎么说来着？你再教我一次。"

旬说："中文是'我爱你'对吗？"

他对四声没有概念，"我爱你"这三个字听起来很滑稽。

我站在路口大声笑起来。

那天东京的阳光特别好，旬牵着我的手过马路。

等走到马路对面的时候，我问他要不要去喝咖啡。

"我好像跟一碗行走的荞麦面走在一起。"我又大笑起来。

我们漫无目的地走在六本木，那天下午很闲，我指着一个广告说想去看正在展出的村上隆的作品。

看展的过程中，我跟旬在展示厅里走散了。

等我找到他的时候，发现他在跟一个年纪很大的老人家对话。

东京最令我喜欢的特色之一，就是在各种文化活动中都能看到很多老人家。

我站在边上，没有打断他们的对话。

旬讲了一阵，抬头四顾，等回头看到我，好像安心了，又俯身继续跟老人家对话。

旬讲了很久。

我喜欢他当时的样子。

在展厅柔和的光线中，旬对一个陌生老人家的耐性让他看起来性感极了。

"你们刚才聊什么呢？"等旬回到我身边，我问。

"老奶奶问我，村上隆的这些作品，究竟好在哪里？她说她看不懂。"旬说。

"那你怎么回答？"我笑问。

"我……"旬抓了抓头发，用笑容把我打发了。

我也放弃了追问。

以我跟旬交往的经验，基本上，如果一个日本人不想说的话，是很难强迫他说出来的。

况且，我在当时也并不是很在意村上隆的作品到底好在哪里这个问题。

看完展，我又要求去展望台。

旬陪我用了二十分钟鸟瞰东京。

那天的天气不错，在日落之前，我们在展望台上看到了远处的富士山。

我想起那次在飞机上看到富士山的经历，就讲给旬听。

旬没说话，从身后抱着我。我们一起望着远处的富士山，阳光照在两个人的脸上，把两张脸照得像两个光源。

那是一个不寻常的拥抱。

旬不是一个喜欢在公共场合表露情感的人。

因此我很珍惜。

从展望台下来，旬带我去了展厅那层的咖啡店。

那个店的落地窗前只有四张小桌，我们进去的时候，窗前就只剩一张桌，中间正对着一根明显的钢管。

我等隔壁桌结了账，就请服务生帮我们换过去。

旬似乎有点不好意思，用日文向服务生说了些什么。

他的神态看起来像致歉。

因此我问："我这样要求换座位，会失礼吗？"

"你是外国人，不用在意这些。"旬说。

我就真的没有在意了。

等坐定，我看着远处的东京塔对旬说："你觉不觉得，东京塔很性感？"

"没有啊。"

"其实我也没有。"我笑起来。旬"捕捉不到我哪句是在说笑"这件事本身不知道为什么很好笑。

旬喝咖啡，我要了香槟。

我们对着东京塔坐了很久。

暮色降临之前，东京塔周围充满了带着点金属感的祥云，像古典绘画一样被分割成三段，分别是青色、淡橘色和粉红。

我跟旬在桌子下面牵着手。

"为什么我很少在东京街头看到情侣之间有什么亲密的举动?"我问旬,"来东京这么多次,好像从来也没有看到过有人在大街上接吻。"

"怕打扰到别人吧。"旬说。

"为什么会打扰到别人,又不要求别人参与。"我笑起来。

旬歪着头想了想,脸上出现无法反驳的歉意。

"可以吗?"我看着他问,为了推进这件事,我用旬给我的借口说,"我不管,我是外国人。"

接着我们就隔着那张小小的白色圆桌长久地亲吻。

起初旬还有点顾忌,后来亲昵本身占了上风。

"我以前认识的女生,从来没有谁会像你一样不掩饰地表达。你的笑、你的好奇、你的愿望,并且你真的会为愿望行动。这些,我在别的女生那儿,都没见过。"旬说。

"因为我是外国人吗?"我笑说。

"中国女生都像你这样吗?"旬笑问。

"我不知道呢,我不是男的,没跟中国女生交往过,不知道她们恋爱的时候什么样。"我调侃。

"也对啊。"旬看着我说,"其实我也只是对你好奇,你很不同。"

"你这是在赞美我吗?"我问。

"是的。"旬说,"不过我更多的是在赞美上帝——以前'上帝'对我来说是一个属于西方文化的存在。最近忽然觉得,'上帝'其实是无处不在。"

"为什么我的冒失让你想到上帝?"

"你不是冒失,你只是让我知道,一件原本死气沉沉的事原来还可以有那么多另外看待的角度。或者说，你让我意识到，循规蹈矩也有可能会造成一种局限。"

"这太有趣了，恰恰是你让我开始发现循规蹈矩的美。"

"所以我们在一起，是天意。"旬说。

"下次我带把小刀把你说的这句话刻在东京塔上。"我笑说。

旬竟然神色一阵慌张。

"我在开玩笑啦。哈哈哈。"我笑起来，"不是每个中国人都会拿着小刀在景点刻自己的名字。哈哈哈。"

天色暗下来，我们在对面的玻璃上看到自己的影子和窗外的东京塔叠在一起。

"我现在觉得东京塔很性感。"旬说。

"我也是。"我说。

"哪一天，它的性感，会跟我们有关。"我又说。

"不用带小刀。"旬笑说。

我听了大笑。

咖啡厅很安静，我的笑声太突出，我自己有点不太好意思，就用了一个文艺腔来收尾：

"刻在心里的话，不用小刀。"

旬看着我，手伸过来放进我的头发里，我侧过去把头放进他的手掌。

天黑了，也许因为喝了太多香槟，我有点眩晕，说道："恨不能就此枕着你的手掌，就这样睡着。"

"好啊。"旬说，"我的手，它很愿意一直让你枕着。"

那天晚上，在不开灯的房间，我对旬说："是你让我明白了'活在当下'的意思。因为跟你在一起的大部分时间，我忘了提醒自己要'活在当下'，而只有在忘了它的时候，才有可能真的在它之中。"

旬若有所思地点头。

我并不知道他有没有听懂。

那不重要。

就像村上隆的作品究竟好在哪里一样。

不重要。

4. 朋友们

有一段时间如果我们在对方的城市，偶尔也会约各自的朋友一起。

一次旬来北京，我约了几个朋友跟他一起吃下午茶。

那时候，交往已经到了一个大家都打回原形的阶段。

我的朋友们开始还假装用英语问旬一些无关紧要的问题，没多久，我们就用自己的语言聊回我们熟悉的话题。

在东京跟旬的朋友们一起也是大致一样的情形。

略微不同的是，他的大部分朋友会特别为我下载"微信"。

其实下载之后也不见得真的联络，但东京人似乎一定要有这个行为作为表达善意的仪式。

我北京的朋友们则很直率地直接跳过了"仪式环节"。

一次旬来北京，那天下午，他跟我和几个友人坐在三里屯太古里二层的一家咖啡店里聊天。

确切地说，是我跟我的朋友们在聊天，旬坐在我旁边。

他没有任何不自在。

我落座之后随手把墨镜放在桌子上。

那是一款那两年很流行的"镜面"的墨镜。

不知何时阳光照进来，照在桌子上，我的墨镜上的指纹在阳光之下非常显眼。

我没有在意，继续聊天。

旬在意了。

他把墨镜拿起来，从包里拿出一枚一次性擦拭镜片专用的湿纸巾，认真地擦起镜片。

我的朋友们看到这一幕，中断了聊天。

大家看看旬，又看看我。

旬又擦了一阵才发现大家在看他，好像有点不好意思，默默地把墨镜放回原处。

墨镜镜片被他擦得相当干净，可以从镜面上看到太古里空中正飘过的云朵。

我不知道为什么生起气来。

旬看出我不高兴，努力融入我们的话题。

那天的聚会草草结束。

回酒店我们也没继续这个话题。因为我也没弄清自己不高兴的理由。

等隔了一个月我去东京，墨镜那件小事已经被我忘记。

可旬还记得。

他来接我的时候带了一件牛仔布的衬衫给我，然后给我展示他也有类似的一件。

"我设计的款式，请朋友做的。"旬说。

我以为他只是简单地设计了一款"情侣装"，就欣欣然穿起来给他看。

"你看这个。"旬把牛仔衬衫的口袋内衬翻给我看，"这个是用擦眼镜专用的材质做的，下次我再帮你擦眼镜或是手机的时候，就不会让你不好意思了。"

我哑然。

问他："如果我的眼镜或是手机有指纹什么的让你看不下去，你会觉得丢脸吗？"

旬说："不会啊。"

"那你就由他去吧。"

"哦。"

"我不在意的事，不如你试一试也不用太在意？"

"这样啊。"他若有所思，好像在思考一个严肃的哲学命题。

我们用了一些时间试图去理解对方和自己对"轻"与"重"的认知，也试图去调和这些认知的差异。

以结果看，不算太成功。

在"异地恋"了快两年时，"未来"忽然降临，成了一个需要答案的问题。

首次谈到这个问题时，我们在惠比寿花园的中庭里，围在一个暖炉边上吃早午餐。

面前不远处，有几个工人正把摆了两个月的那个巨大的巴卡拉圣诞吊灯拆下来。

我们旁边坐着一对外国夫妇，牵着一条大狗。

夫妇俩一直在很严厉地批评那条狗。那条狗一边按照指令不断坐下，一边受不了旁边飞过的麻雀的诱惑不断依着天性站起来。

我和旬默不作声地吃着各自盘子里的食物。

直到那两人牵着狗离开，旬才开口道："春天要来了。"

"是啊，春天要来了。"我说。

又隔了一阵，旬问我："你有没有想过，搬来东京？"

"你刚才一直不说话，是怕他们听懂我们的聊天对吗？"我笑问。

"我只是不习惯气氛紧张。"旬老实地回答。

我看着自己的面前：餐盘内是没吃完的温泉蛋，蛋黄随意地凝固出一小摊，跟倒多了的番茄酱混在一起，面包屑从盘子里一直散落在盘子外，旁边配了几坨用完的餐巾纸，用汤碗压着。那些餐巾纸都是屡次被风吹出去又被旬捡回来的。

我问旬："你以前交往过的女生，有谁会把食物吃成这样的吗？"

"你是为了要喂麻雀。"

"我们不能像刚才那对夫妻，把自己解决不了的问题，赖在麻雀头上。"
我笑说，又问，"诚实地说，如果我一直都这样，你会介意吗？"

"你不会一直都这样。"

"如果会呢？毕竟我已经这样三十几年了。"我说，"况且，即使你不介意，我自己也会介意。"

"所以，你会为吃饭的习惯不跟我在一起？"

"我会为想要跟你相爱得久一点，才不跟你在一起。"

"这是我听过的最美好的借口。"

"我怎么会让你认为这是借口？"

"你明明就喜欢东京，为什么不能考虑常住？"

"你也喜欢北京，你想过搬去北京吗？"

"你没问过我。"

"因为我不想破坏我们已经拥有的。"我叹息道，"不论我们谁选择了对方的城市'在一起'，不论是在东京还是北京，我们之间所有燃起感情的原因都会变成消耗感情的问题。说得再直白一点，我们所有最初吸引对方的特点，都可能会成为让彼此厌倦的诱因。"

"可是，如果不选择在一起，我们又怎么'在一起'？我们会走向哪里？还能再走多久？"旬问。

"我不知道。"我回答。

"你知道吗，每次在东京送你走，或在北京离开你，我都很难过，而且这种难过还在加深。最近我常常怀疑，我还有多少能力承担这种难过。"旬说。

不知道为什么，我不想跟他说："我也很难过。"
仿佛"也"这个词，因为带有"附议"的意味，略微包含了我自己不喜欢的敷衍。

可是，我的确是"也很难过"。

我从来没有告诉过旬，每次在北京送他走之后，我都要在停车场停留半小时才能离开，为了确保自己不会在高速开车途中继续哭出来。
在跟旬分手后很长一段时间，我都避免去机场，因为"机场"之于我，已经自动生出了"离别"的意味。

羽田机场的休息室更是一个特别适合哭的地方，有一次我哭得太夸张，差点跟休息室坐我对面的一个特别有惜香怜玉心肠的陌生人哭出一段没必要的交集。

我从来没跟旬说过这些。
怕说了就要面对"接下来"的问题。
真正的"悲伤"，向来都是"独自"的。

那次讨论了那个问题之后，到我们再次见面，中间隔的时间比以前要久一些。
尾樱时节，旬陪我去伊豆。
我们去看了很多日本文学家的纪念馆或他们逗留过的地方。

"你有没有觉得，虽然三岛由纪夫毫不隐瞒地表达过他对太宰治的厌恶，但事实上，他们有很多本质上的相似，简直就应该是彼此的'知己'。"我对旬说。

"如果我告诉你我从未真的读过这两个人的书，你会不会意外？"旬说。

"如果你告诉我你读过，我才会意外。"我回答。

"哦？为什么这么说？"旬问。

"因为，因为你很孤独。但是，你很接受自己的孤独。所以不太需要再看关于孤独的作品。而我不同。"我说，"我也很孤独，但不知道出于什么原因，我始终想回避孤独。因此我喜欢看一些很孤独的作品，似乎在那里面，我可以对自己更真实。"

"以前我也想过'孤独'这件事，那时候就觉得，日本人的本质就是孤独的吧，所以，你说我接受孤独，依我看，大概是因为这个原因。"旬笑了笑又说，"所以，我跟你，也有很多本质上的相似，也是'知己'。"

"是啊，不同的是，我们不讨厌对方。"我笑说。

"我们不是不讨厌对方，我们是爱着对方。"旬认真地补充。
停了一阵，他又像自问一般地说道："为什么，两个人爱着对方，可依旧是孤独的人？"

这句话让我们的对话中止了一阵。

我们默不作声地参观了太宰治生前住过的一个地方。

从里面出来之后，穿过公路，走在海边。

那天有风，海浪声很大，代替了对话。

晚上我们住在当地的民宿。

那是一栋上百年的老屋。

夜里，旬跟我并排躺在榻榻米上，空气中能闻到上了年头的木头特有的
味道。

"除了孤独，我们还有一个共同点。"我说。

"什么？"旬轻声问。

"我们都是自卑的人。"我回答。

我听见旬转过头。

我也转向他。

房间里很黑，我们徒劳地面对面，看不到对方的眼神。

然后，两个人不约而同，忽然笑起来。

我们断断续续笑了很久。

不知道"自卑"为什么好笑。

我在黑暗中擦了擦眼角笑出来的眼泪，旬伸手过来牵着我的手。

"如果没有你，这个世界上就没有人跟我讨论这些话题了。"旬说。

"那也算回归真我。"

"什么？"

"孤独而自卑的人，不配过度讨论。"我回答。

这个"真相"让我们又笑了一阵，就牵着手回到安静的黑暗中。

隔了好一阵，旬忽然问我，为什么我从来都没有问过他愿不愿意来中国常住。

旬说话的时候把声音压得很低。

其实那家民宿的一层只有我们两个人，即使放开音量也不会吵到任何人。

但他还是很小声。

我不知道怎么回答这个问题，就假装睡着了。

旬等了等，也没有再追问。

又过了一阵，他小心翼翼地把我的手放回我自己的棉被里。

那是一个失眠夜。

我在黑暗中思忖着，我住在北京，北京有很多日本人，似乎没有任何迹象表明那些在北京工作和生活的日本人对生活的现状有什么特别的不满。

只是我对要把旬的思考方式放在一个陌生的环境中有些隐忧。

旬自己并没有这个隐忧。

而我到底在隐忧什么？

即使失眠很久，也没想出答案。

翌日我们就假装没有聊过这个话题，相敬如宾地继续着旅途。

其实两个人都知道那是假装，在情侣之间，最诚实的是情欲指标。

"相敬如宾"只是有教养的冷漠。

对于走到这一步，我心有戚戚焉，尤其两个人明明经历过不管不顾的热烈。

半年前。

旬说想去看看上海，我们就约在上海见面。

第一天晚饭之后，我们在下着小雨的街道上走着。

一个卖花的大婶冒雨跑到我们面前兜售。

我当然拉着旬走开。

旬没见过这种风雨无阻的兜售，老实地停下来买花。

我没有再阻拦，看着他上当。

回到酒店，我把那几枝"花"拆开给旬看，向他证明我之前的判断是对的。

"看，我跟你说了嘛，那就是骗子啊，这是菜花的芯，根本不是玫瑰。"

旬饶有兴致地看着那几枝用牙签插在玫瑰梗上的菜花。

看了一阵之后他很认真地抬头问我："卖花的婆婆，并没有说明她卖的是玫瑰对不对？"

以我对旬的了解，他这么说，不是为了要跟我争执的强词夺理。

那就是他的逻辑。

想想也是没错，那卖花的大婶从头到尾也没说过她手里的是玫瑰。

"我很羡慕你看世界的方式，像个孩子。"

我对旬说。

在我的语境中，能想到的对成年人最高的赞誉就是说一个人"像个孩子"。

"我想是因为有你在吧。"旬说，"你在我才有机会那样，平常我也很戒备的。"

旬说到"戒备"的时候，表情严肃。

那个表情配合当时的情境，有种滑稽感。

说这番话是在我们一通毫无保留的云雨之后。

那想必都是肺腑之言。

两个满足而筋疲力尽的肉身是不必说假话互相奉承的。

那是旬和我情感最紧密的一个阶段，也是情欲旺盛的一个阶段。

有时候我不太搞得清，是两个人更紧密推动了情欲，还是情欲导致了紧密。

并且，演化成情欲的也未必只是彼此的喜欢。

有时候，情欲也会成为对对方的"弥补"。

从开始交往，旬跟我在对方的环境中，都会不自觉地更敏感。

比如有几次我能感受到他在向他的朋友们介绍我时，其中一些人的微妙反应。

彼时我已经跟着旬认识了许多日本人，通常，大部分日本人习惯于掩饰自己真实的想法，尤其是对陌生人。

因而，如果那已经是我能捕捉到的"微妙"，事实上应该是已超出了"微妙"本身。

当然了，我并不会因此感到受伤，毕竟不是所有人都有义务友善。

旬去上海之前，有次我们在东京，他带我参加众多人的酒局，一个初次见面的年轻男人带着明确的傲慢问我来东京是不是为了"呼吸新鲜空气"。还好那是一桌子人，我当作没听懂他的英语口音，笑了笑就跟别人去说别的。

但事情并未就此结束。

半小时之后整桌吃饭的人七嘴八舌吵了起来，火力集中在旬跟那个年轻男人之间。

因为他们全都说日文，所以我自始至终不知道他们究竟说了什么。

但场面上的情绪之明显，根本不用听懂语言。

我假装迟钝，转头继续跟坐在我右边的一个女生闲聊，左手则放在旬的腿上。

在我的左手带着用意在他右腿上匀速来回移动了一阵子之后，他渐渐放弃了争吵，右手放下来握着我的左手。

我把他面前的啤酒拿过来对着瓶口一口气喝完。

我的举动吸引了在座的一部分人的注意，等我略用力地把空啤酒瓶放回桌上时，多数本着息事宁人意愿的人鼓了掌。

我对鼓掌的几个人笑笑，笑完转头跟旬说让他陪我去洗手间。

旬牵着我的手把我带到那个餐厅的尽头，示意洗手间的位置，然后跟我说他在原地等我。

我保持理智看了看四周的卫生状况，等确定了那是我能接受的清洁程度，就拽着旬向洗手间走去。

旬开始有点不解，接着略微挣扎了几秒。

我没有容他再做思考，执意把他快速拉进洗手间又反手快速锁了门。

等我们返回饭桌，气氛完全改变了。我全程都没有再看之前那个嘲讽我的人。而旬则是明显带了一身"赢了"的气场，继续推杯换盏，所有人都大说大笑，表现得无比尽兴。

没有人再为特别关照我而跟我讲英语，但我成了后半程被敬酒次数最多的人。

那天晚上，我们平躺着睡不着。我跟旬说起小时候喜欢的一个斯诺克球手。有一场比赛，那个球手前半场一直落后，但最终反败为胜。赛后有记者问他改变局面有什么秘籍，他说在最后一次休息期间，他跑到休息室跟他妻子有一段热烈的性爱。

听我讲完，旬面对着天花板，好像感同身受似的笑起来。

又问我，后来呢。

我反问什么后来。

旬说球手和他妻子啊。

我说："后来，球手得癌症死了。"

"哦。好可惜。"

"他死的时候还很年轻。"

"他妻子一定很可怜。"旬说，"要独自继续活在一个失去深爱的人的世界。"

"是啊，很可怜。所以有时候我在想，究竟是遇见深爱的人比较好，还是不遇见比较好。"我说，"不遇见，人生会很乏味，遇见，又早晚要经历失去的痛苦。"

"这个问题，在我，好像已经没有选择了。"旬说。

说着他握着我的手放在他的小腹上。

我为他的话感动，侧过去抱着他。

没几分钟就听到他的鼾声。

而我则摸着他的小腹清醒到半夜。

心里暗想，男人真是奇怪，为什么在说了很重要的话之后还能立刻入睡。

第二天醒来，我在窗前看着东京湛蓝的天，对旬感慨："如果我爱着的人所在的城市，有新鲜的空气，我当然没有必要特别回避。"

旬走到窗前，站在我旁边看着窗外问："上海是什么样子的？我从来也没去过上海。"

"嗯，跟北京很不同。"

"哦？不如你带我去看看上海？"

"好啊！"我回答。

因此就有了后来的上海之行。

在去上海之前，旬给我看他费了一番功夫设计的作品。

表面上看，那是两件看起来像情侣装的连体裤，但实际上更像是一个可以去参加当代艺术展的"装置"。

在两件衣服上到处是经过缜密测算的拉链。那些拉链长长短短分布在衣服的各个部位。

拉链并没有内衬，所以打开拉链就能长驱直入直接触摸到肌肤。

并且，两件连体裤有很多拉链可以随时连为一体。最夸张的部分是胸前和腿的两侧最长的拉链，打开之后可以连接对方的相同部位。理论上说，只要连接得当，它们可以合成一个临时的睡袋，能把两副身体装在一起。

我给旬的这个设计起了个名字。

"就叫它'索'。"

我把"索"写在纸上。

"这个字有好几层含义，可以解释成绳索，可以是'要'，也可以形容寂寞。"我说。

旬看着我写的那个字说："这真可怕。"

"可怕？"我问。

"嗯，可怕。"旬缓缓地点头，"你刚才对这个字的解释，就是我这个设计的全部内核。"

从上海飞回东京的航班上，我跟旬提议我们对"索"做一番实际演练。

飞机平飞之后，我正探索着想打开旬腿上的一处拉链，空姐悄无声息地掀开帘来巡视，情急之下我快速把那个拉链拉了回去。

也许动作太快，拉链夹了旬腿上的一块皮肤，我惊叫了一声。

旬倒是很镇定，还赶忙向我道了歉。

空姐送来药水的时候我打开拉链让她帮旬涂抹，她看看旬，又看看我，一边在旬的腿上涂药水，一边心照不宣地抿着嘴微笑。

旬全程红着脸，好像做错事的是他。

空姐涂完药水又在上面贴了一排创可贴。她正打算把拉链拉回去的时候
我以"宣布主权"的架势把她的手从旬的腿上移开，说了句："我来吧。"

空姐不甘心，小声问了句有没有淘宝链接。

等空姐走后，旬持续着他的歉意跟我说拉链里面应该有保护皮肤的内衬，
他疏忽了。

又说，幸好被夹伤的是他。

"我这次慢一点。"我笑着说。

然后把毛毯盖在旬身上。

那真是一段热辣的时光。

然而，多巴胺和情欲都不会一直持续活跃在高点。

旬的设计也不能解决根本问题。

什么是根本问题？

我说不清。

就像在太宰治住过的那个百年老屋中，我回答不出旬的问题。

我的确不太能想象旬来北京。

如果硬要说原因，最初让我对此气馁的，是我认识的一些人，对旬的好
奇中会带着不了解的武断。

当然也不能说那一定就是恶意。

只是"不太自然"。

"你要是嫁给那个小日本，会随夫姓吗？"给我工作的那位周刊领导问。

"日本就日本，为什么要加个'小'。"我不耐烦起来。

"他个子不高啊。"领导说。

我想了想，旬的确是不高。可还是不服气，带着笑回击："您个子也没高到哪里去啊？"

"对啊，所以我总是要求你们叫我'小高'啊！"领导完全没感到被冒犯，笑着摸了摸自己头顶的"M 秃"，端着一个泡了药材的保温杯，继续喝得喷喷有声。

是啊，只有自己内心也认定是"短板"，才会真的觉得被冒犯。

我暗自自责，为什么一个都不能算是朋友的工作伙伴说旬的时候用了个"小"字，我就不能像他调侃自己是"小高"一样一笑而过。

"说认真的啊，你要随了夫姓，那你现在负责的这个公众号我就得重新想办法了。"过了几天，"小高"再次提及此事，换了一副严肃面孔对我扔下这句话。

一切云中的浪漫一旦要走向实际的时候，真正的阻碍从来都是生计问题。

我没跟旬说过这些。

想必他也有一些懒得跟我分享的。

隔阂的确天然存在于不同的背景中。

那次的伊豆之旅似乎意味着一个阶段的结束。

第二天天亮之后，我们从太宰治住过的老屋出发，沿海边和山路无目的地行驶了大半天。

下午路过一个寺院，里面刚好有一个偶人展，我们就信步走进去看展。

那些偶人做得相当精巧，根据资料显示，大部分都有上百年历史。

其中有一尊特别美，不论发型、面容，还是衣服的织物，都有种魔幻剧中特有的神采。我特地留意了时间，"她"已有四百年历史，且"她"的样子，的确像经历了那么久的沧桑。我看得入迷，驻足了很久。

等旬叫我离开，我在特地确认过没有"不许拍照"的告示之后，拿手机给那尊四百岁的美丽偶人拍了照。

下午的路上特别困倦。

傍晚时分，我坐在副驾睡着了，还做了梦。

也说不清那到底算不算个梦。

昏沉之间，我感到左边的车窗外，咿咿呀呀传来歌声。

我在半梦半醒之间，转向那歌声的方向，看到那尊被我拍了照片的四百岁的偶人正飘在车窗外。

她飞翔的样子看起来十分开心，因而我也没有觉得恐怖。

那偶人一边微笑一边歌唱地飘荡在车窗外跟了我们很久，我似乎想对她说些什么，但怎么努力也发不出声音。

忽然，我被旬推醒。

旬关切地问我："你做噩梦了吗？"

"没有啊。"我说。

他说："哦，刚才你的嗓音听起来很挣扎，所以我赶快停车把你叫醒。"

等旬重新把车开回公路上，我向窗外看了看。

深蓝色的天空，已经是满天星斗。

不知出于什么心情，我竟然略微感到一丝失落。

等终于回到东京，在人声鼎沸的餐厅，我才把刚才的梦告诉旬。

过了一阵，旬才缓缓地说："在日本，这些偶人据说会替家里的小孩抵御一些疾病或灾难，等小孩长大成人，偶人就会被供奉在寺院中。大部分日本的老人家会认为他们是有灵性的，所以，本来在寺院里你拍照片的时候，我是想阻止你的。"

"那为什么没有？"

"怕你觉得扫兴。"

"哦，怎么会。"我有点气馁，又说，"有多少话，你想说又没说？"

旬没接我的问话，补充刚才的话题说："不过，我想刚才那个偶人，应该也没什么恶意。大概不用再守候谁以后，几百年重复着同样的日月，也会感到空虚和寂寞吧。"

"是啊。"我自语一般地说，"谁不是呢。"

"有的人，也和偶人一样，来这个世界上，需要守护着谁。"旬说。

"说不定哪一天，我也会像那个偶人一样，独自在空中飘着，说不定也会偶尔对陌生人唱唱歌。"旬又说。

那次之后，我们失联了很久。

旬不擅长明说。

因为他的不"明说"，有几次我作势跟他吵架，结果都吵不起来。

"你们日本人就是凡事都特别'暧昧'，有时候，就算我能听懂你说的每一个字，依然听不懂你在表达什么。"

这是我们第一次正式吵架时我对旬的抱怨。

"我明白了。那大概是我英文不够好的缘故。让你误解了，对不起。"他避重就轻。

旬总是这样，他经常用"我明白了"来表达"不同意"，然后用"对不起"表达不想继续某个话题。

在他的那个态度看起来特别诚恳的"我明白了"和"对不起"之后，如果我还执意要争吵，就显得是我在无理取闹。

我对此束手无策，可坏情绪又会滞留，就只好在一些不重要的事情上找碴。

"我的名字是'希希'，不是'kiki'！"在某次旬向他的朋友介绍我之后，我抱怨道。

"kiki 听起来很可爱啊。"旬笑说。

"什么可爱啊，听起来好像猫啊松鼠啊什么的。"

"日本有一个卡通片里的角色就叫 kiki，很受欢迎呢。"

"我不管你们国家有什么受欢迎的卡通片，在我们中国字里面，'希'就读'xi'，不读'ki'。"我用了个毋庸置疑的语气。

"哦，好。我记住了。xixi——"旬认真地重复了一次。

我当时也没从他的重复中听出什么异样。

不久后的一天，旬跟我在大街上偶遇他的友人，在向那个人介绍我的时候，旬特地把"xixi"读得很清楚。

对方用上扬的语调重复了一遍："しし[1]？"

旬肯定地点头，对方也跟着点头，脸上似笑非笑的。

"xixi，有什么问题吗？"等那人走后我问。

"しし啊，在日文里是'狮子'的意思。如果当名字用，会听起来有点厉害呢。不过倒是跟你现在的样子更吻合。"旬说着忍不住笑起来。

"那你为什么不早告诉我！"我又好气又好笑。

"你那么坚定地强调，一副不可侵犯的样子，完全没有给我机会解释啊。"旬说。

那天旬特地带我去新宿的一家中餐厅，指着门口摆着的装饰用的石狮子说："这个是你，xixi。"

那之后，每当我在旅游景点看到石狮子，都会想到那天旬一脸忍不住笑意的表情。

名字这件事在我们之间也没有完全结束。

某次他在北京，跟我的朋友们聚会。我的朋友本着尽地主之谊的本意，说一定要请旬吃日料。

北京的日料，大概受制于食材，真正好的不多，仅有两三家还不错的，又贵得惊人。

---

1 日文假名发音为 xixi。

我就随便选了一家。

"为什么要吃日餐？"旬小声问我。

"因为啊，我的同胞们不论去哪个国家，大部分都一定要吃中餐的。所以大家可能认为，你和我们一样，也有吃自己国家料理的需求吧。"

"哦哦。"旬一脸感激。

那顿晚饭，果然如我所料是既不好吃又不便宜。

但旬始终带着笑容，一脸感激的表情。

整个一顿饭时间，我的这一众朋友一直记不清"旬"这个字日文怎么念。后来大家就放弃了。

其中一个人在菜单上看到"旬之野菜"这一行字，就问我旬的名字是什么意思，我就胡乱解说了一下，大家就对"旬"这个字调侃了一阵。

调侃完，大家还是不会它的日文发音，所以都把旬称为"那谁"。

在北京住久了的人，说什么都很容易用调侃的语调，调侃甚至是北京人表达亲切的方式，所以我并没有感到任何不妥。

旬当时也没有表现出任何不快。

但在后来又有一次旬的朋友叫我"kiki"而我当场纠正了对方之后，旬就压低音量幽幽地说了句："你的朋友们，好像没有任何一个人读对过我的名字，而我也从不介意呢。"

旬说出这样的话，其实是代表了他的介意。我在这句话里听到了隔阂，那是我不熟悉，且一时不知如何修复的隔阂。

另一次，他跟我评论别人，说那个人"读不懂空气"。

又跟我解释日文里说一个人"读不懂空气"是什么意思。

"那我肯定也是常常'读不懂空气'的那种人咯。"我自嘲。

"你是外国人。"

"所以你的意思就是我读不懂空气咯，哈哈。"

"你就是外国人嘛。"

"呵呵，这个理由倒是可以解释一切。"

几句对话分明在两个逻辑上，我忽然不耐烦起来："可是干吗让人读空气，有事不明说，累不累啊？"

"累啊。"旬诚实地说。

我想吵的架，再次未遂。

这种没能按计划爆发的情绪，像只有前戏的交手，那种不痛快会转化成湿疹，在心血中流窜，累积得多了，早晚会冲出皮肤发出来。

我没跟旬说过，我一点都不怕吵架，但我真的很怕"读空气"。

人都会败给自己的短板。

最终，连我跟旬的分手，互相也没有特别明确的说辞，就是需要"读空气"的时间越来越多，需要"读空气"的过程慢慢延长，延长到两个人之间，终于只剩下遥远到不必再读的"空气"。

5. 生日和东京塔

接近夏天，接近我生日，旬忽然来北京，约我隔周去东京过生日。

"电话或微信说就好了，你还特别跑来。"我嗔怪道。

"我想你知道我是认真地邀请。"

"哪次不是认真的？"

"不一样的。"旬说。

又说："两年之前，也是这个时候，我来北京。如果我不来，不知道这两年会是怎么过的。"

"谢谢你来。"我说，然后用才学来的日文跟他说，"真的，真的谢谢。"

"你说日文特别可爱。"旬说，又问，"你想要什么礼物？"

"东京塔！"我脱口而出。

旬低头笑了笑，那笑容，跟我第一次在涩谷车站见到的笑容一样。

我是双子座，旬是双鱼座。

这种组合当然不会沉闷。

这种组合，当然也会有很多对方一辈子都不会知道的心结。

我生日那天，在东京。

后来我常想，如果我知道那是旬做的最后的努力，我会不会改变些什么？

或至少表现得"更珍惜"？

那大概是我过的内容最丰富的一个生日。

早上旬开车带我去海边钓鱼。

途中他忽然笑起来。

我问他笑什么。

他说，导航说："如果你一直不按我说的路线走，你干吗还开着我？"

"这导航还挺幽默。"我诧异，"你知道吗，在大部分人的观点中，都觉得日本人不太有幽默感。"

"嗯，其实真正的幽默都是严肃的。日本人是幽默的，挺严肃的那种，但不是'大部分'人都懂的幽默。"

"你现在，是在表达幽默还是严肃？"我笑问。

"只有你在，我的严肃才有机会幽默。"旬说。

我不知道为什么有点悲伤，就伸手去握着他的手。

"以前，我也会故意走错路，为了让导航说出这样子的话。"旬说。

"听起来很孤独。"我说。

"实际也是孤独的。"旬说。

"对，我们讨论过很多次'孤独'的话题。"我说。

为避免推进那种情绪，我就换了一种轻松的语气问："你说，未来人工智能会不会代替人跟人之间的'对话'？"

"理论上说，也不是没有可能。"

"我是说充满情感的那种。"

"那大概要取决于一个人对情感有多高的要求。"旬说，"就好像，有的男人会使用充气娃娃。那是意味着他们真的找不到伴侣，还是说他们对伴侣的要求只要达到充气娃娃的程度就可以？"

"人总是会避免不断见识自己的弱点，如果找一个合适的伴侣，意味着有可能经历更多被拒绝的挫折，至少，充气娃娃不会伤害一个男人。中国有一句话说'两害相权取其轻'。"

"两害相权取其轻。"旬重复了一遍。

"你们日本导演是枝裕和拍过一部电影叫《空气人偶》，讲的内容跟我们在讨论的话题很接近。你看过吗？"

"我没有。你知道吗，每次听你议论起一个日本艺术家，我都会重新升起希望，你了解那么多日本作品，你一定很喜欢日本人，也许喜欢得足够就会搬来日本了。"

"我自己也想过这个问题。"我认真地回答，"我其实是喜欢艺术家，并不限于哪个国家，刚好你们日本争气，近代跟当代的确是出了不少艺术家和作品。如果用这个逻辑，那我更喜欢欧洲。"

"也是，只不过有时候，听到你比我更了解日本作品，我会感到有点抱歉。"

"这有什么好抱歉的。你不是也喜欢赵本山。"

"哦，真的！我真的喜欢他！真希望看到更多。"

"告诉你一个秘密哦，这几年，我最喜欢的剧，是赵本山的剧，叫作《乡村爱情故事》，虽然我表面上会跟人说我在追《权力的游戏》，其实我追得最久的是这个《乡村爱情故事》。"

"那，为什么表面上要说得不一样？"旬问。

"所以我才说是'秘密'啊。"我笑说。

"那为什么表面上要说得不一样？"旬执着地追问。

"哦……这个嘛，解释起来太复杂了。"我搪塞。

"是哦，我们之间，越来越多这些。"旬像在自语地嘟囔。

"什么？"我问。

"因为'解释起来太复杂'就不解释的东西。"旬说。

我从谈论是枝裕和跟赵本山的兴奋中低落下来。

两个人同时沉闷了一阵，旬忽然问："你爱我吗？"

他问这句话的时候眼睛依旧看着前方。

我也坐正，看着一样的前方，问旬："你呢，你还爱我吗？"

"为什么是'还'？我当然爱你。"旬认真地回答。

"你说，以后有没有充气娃娃可以取代我？"我调侃。

"我相信没有充气娃娃会让我那么努力。"旬说。

这是那天第二句令我感到悲伤的话。

我们再次陷入沉闷。

几分钟之后，我把刚才没说的答案说出来："我爱你，旬，是的，我爱你。"

旬转头看了我一眼，伸手握着我的手。

快到海边的时候，在一个转弯处，对面有一辆车疾驶而过。

旬猛然抽回左手，及时转了一个很大的弯。

我吓了一跳，等车回到正常速度，我故意开玩笑说："如果刚才我们出车祸死掉，别人会不会认为我们是特地跑来殉情的？"

"如果可以，我们还有好多事一起做，比'一起死'更快乐。"旬说。

午后，我们把一上午好不容易钓到的鱼又放回海里，再驱车回到市区，两个人都饥肠辘辘。

旬执意要带我到一个可以自己操作食物的料理店。

他点了一些食材，在我们面前的铁板上认真地翻炒。

"如果全世界只能选择一个国家的食物——自己国家的除外——你选哪种？"我问旬。

"意大利。"他回答。

"我也是！"我回答。

"我知道啊。"旬说。

"如果可以随意选一种语言，你会选哪种？"我又问。

"意大利语。"旬回答。

"为什么不是中文？"我假装质问。

他从畅想中被惊醒，跟我道歉。

"你干吗要道歉。"我笑说，"我也会选意大利语，这样的话，我们还是可以谈情说爱。"

"如果又一样两个人都不是母语，其实跟现在没差别。"

"说的也是。那，如果可以选择一个地方跟一个时代去穿越，你会选哪里？"我继续着我的问题。

"文艺复兴时候的佛罗伦萨。"旬说。

我停下来，认真地看他，认真地说："我也是。"

他也抬头认真地回答："我知道啊。"

"什么时候，我们一起去佛罗伦萨。"旬说。

"好啊！"我信口答道，然后转了个话题说，"在我们国家民国时期，有一个诗人，叫徐志摩，他把'佛罗伦萨'翻译成'翡冷翠'。"

接着我用了十几分钟时间，用我有限的第二语言试图向旬解说徐志摩和"翡冷翠"这三个字有多不一样。

旬听完我讲述的徐志摩的故事，皱着眉头说："听起来这个诗人是个不负责任的浪子。"

"嗯，你说的，也是呢。"我放弃了徐志摩的话题。

我们一起吃着旬在铁板上弄熟的食物。

比起食物的味道，他对待食物认真的样子更让人动心。

饭后散步的路上，在沉默地走了两条街之后，旬说："如果你不想搬来东京，也不想我搬去北京，说不定，我们也可以一起搬去意大利。"

我从他的语气和用词听不出他是不是仅仅在制造话题。

又走了一阵，好像信步一般，走到附近一家酒吧。

旬带我走进去，我们落座后，旬走过去跟酒吧老板聊了几句。

然后他就走进吧台里面。

那是一家很小的酒吧，一共只有六张桌子，我们进去的时候，也只有一桌客人。

旬走进吧台内，在酒吧老板的指点之下开始调酒。

我坐在那儿，微笑地看他。

不一会儿，他端着一杯酒走出来。

"试试看。"旬说。

诚实地说，旬调酒的技术比他烹调铁板烧要高很多。

"我喜欢！"我由衷赞叹，"你真厉害！"

这时候酒吧老板走过来打招呼，他们用日文聊了几句。

旬翻译给我听："他说你比我描述的要更美。"

我笑着对酒吧老板说谢谢。

等酒吧老板离开，我不解地问旬，为什么你会向他描述起我？

旬说："这款酒，是我向他描述你的特点之后，他帮我一起发明的。所以，理论上说，这款鸡尾酒，应该以你命名。"

"那为什么，我是柠檬、罗勒叶，还有马蒂尼？"我看着酒杯问。

"嗯，是感觉。当然不止这几种元素。"

"你们试了多久？"

"十次？嗯，十次。"

"哦？所以你不是第一次来这家店？"

"不是。我从去年开始每周有两天晚上在这家店兼职，学调酒。"

"啊？怎么从来没跟我说起过？"

"你没问呀。"

"我怎么会想到忽然要问你是不是在一家酒吧学调酒。"

"也是啊。"

"难怪，难怪你那么会削苹果。"我说。

"是啊，削水果、做冰球、转勺子，这些基本功已经练习了一年。"

"那我赞扬你削水果的时候，你怎么都没跟我说你在学调酒？"

"嗯，我还没来得及说，你就跟我讲了一个中国著名的黑帮人物，你说他也特别会削水果。"

"对对，杜月笙，我想起来了，原来那时候你就已经开始在学了。"

"是啊。"旬说，带着一点骄傲的神情。

"可不可以再来一杯啊？"我要求说。

他开心地回操作台又做了同样的一杯。

"为什么要学调酒？"我问。

"不是所有事都需要有目的。"他说。

"那是为什么开始的呢？"

"想不起来了。似乎，我经历的很多事，都没有一个特别的起因。"

我点点头。

过了一阵，我说："一样的，就像是说，也不是所有的事，都需要有'结果'，有时候，过程和结果，并没有清晰的界限。也许过程本身就是结果。"

旬重复我的话说："嗯。过程本身就是结果。"

那天我一共喝了五杯同样的酒。

到有点醉意，离开之前我请旬问店主要了纸和笔，工整地写下艾略特的句子，跟旬说，这句诗最能表达我对那个鸡尾酒的感受。

"出发很久之后，我们仿佛又回到起点，好在那儿重新认识。"

旬把我写了字的纸认真叠起来，放进口袋里。

然后带着我离开那家店，开车载我到了一个地方。

等他停车，我走下来，一抬头看到东京塔赫然在我们面前。

我借着酒劲儿又跳又笑。

旬从后备厢取出一堆东西捣鼓起来。

半小时后，我看到一个塑料充气帐篷。

"这种材质，里面可以看到外面，外面看不到里面。"

旬和以往每次向我展示他的"发明"一样，认真地解说着他的设计理念。

说完还走进去演示。

我站在外面，的确什么都看不到。

"这个东西——我还没有起好名字——还可以放在湖面上，理论上说，它承受一百五十公斤的重量是没问题的。但我还没有找到合适的水面做实验。"

"所以它是用来做什么的？"我问。

"你进来看看。"旬邀请道。

旬扶着我跟他翻进那个一米多高、内室两米长一米多宽的充气帐篷。

里面有两个充气靠枕，在两侧的充气壁上挂着应急灯、镜子、纸巾盒和矿泉水。

旬打开镜子下面一个看起来更隐秘的小匣子，里面有 Suica 卡（日本的一种乘车卡）、一些现金和几个保险套。

那个充气帐篷的高度足够像我们这样的成年人盘坐在里面。

顶上有一个拉链，可以完全拉起来，甚至可以从里面上锁。

在锁的附近有一个类似天窗的构造，可以局部打开。

"躺在这儿，可以看星星。"旬说。

又说："如果是这个角度，就可以看到东京塔。"他说着缓缓打开那个天窗，东京塔的确就在我面前很近的地方。

我被眼前的构图惊住了。

旬说："生日快乐。"

接下来的时间，我经历了人生中最奇特的一次性爱。

一切既刺激又温柔的感受，都基于准确的设计和测量。

在认识旬之前，我从来没有把这两种情境联想在一起。

"我们这样，会犯法吗？"作为一个媒体从业十余年的人，我在异国他乡情到深处的奇特性体验之前，还是想到了法规的问题。

"日本的法律规定，如果不给别人看到，就是合法的。"旬回答，"所以这种从里面可以看到外面，外面完全看不到里面的材质很难找。"

云雨之后，我问旬："为什么会想到做这个？"

"起初是因为那次在六本木，我们看到东京塔，你看它的样子，让我很感动。但那时候，我还不知道怎么样才能让东京塔有你说的那种性感。对的，你那天提到性感这个词。并且你一直用'he'这个词，我之前好像没有想过东京塔的性别。"

"很明显是 he 啊。"我笑说。

"可我在巴黎看到埃菲尔铁塔，就很确定是 she。"

"你这样说，好像是呢。"我在脑海中飞速地搜索着对巴黎的记忆。

"对啊，东京塔跟巴黎铁塔，如此之像，为什么一个是 he，一个就是 she ？"

"是啊，好神奇。"

"你知道吗，世界上从来没有另外任何一个人，会真的有兴趣跟我讨论这种话题。"旬说。

"对我来说，也是一样啊。"我说。

"真的有具体的想法，是因为地震那次。"旬说。

"那是因为你们东京人对地震的镇定态度太不正常了啊。"我笑说。

那是我在东京经历过的数次地震中震感最清晰的一次。

那天我才到东京，半夜，蒙眬之间就感到有强烈碰撞的声音。半梦之中我还以为是隔壁房间嘿咻的动静太大。

等完全醒过来，看到吊灯在晃动，我才判断是在地震，赶紧推醒躺在边上的旬。

"地震了！"我说。

"哦，是吗。"他勉强把眼睛睁开一半，就立刻又闭起来。

我坐在床边，感受着酒店的晃动，拿起电话打给前台。

接电话的服务生用口音很重的英语说："是的，地震了，don't worry。"

她的尾音拖得很长，语气中带着日本人特有的笑意，好像我的惊慌是一件很好笑的事。

震感在持续了几分钟之后消失了，我打开门向走廊看了看，也没有任何人跑出来。

而我的睡意完全被驱散。

"你会不会怕死？"我问旬。

他在沉睡中，没有回答我的问题。

我不肯罢休，像章鱼一样盘在他身体上，像章鱼一样用身上每一寸可以用到力气的肌肉纠缠他。

他被我彻底弄醒了。

第二天早午餐的时候，旬跟我回味起几个小时前的某个体位，说："我有点怀念你昨晚害怕的样子，让我确定你真的在乎。"

"你不怕吗？"我问。

"怕什么？"

"怕死。"我说。在一个阳光明媚的上午，这种问题显得特别矫情。

"怕吗？我不太用这个词，只是，'死亡'会让我有种一切其实都很灰暗的感觉。"旬说。

"你说的那种感觉，正是我怕的。"我说。

"如果这么说的话，那我是怕死的。"旬说，"如果，这就是无法避免的结果，如果，可以选择一个死去的方法，我希望是和一个相爱的人，在做爱的过程中死去。"

"那我们昨晚就该及时死。哈哈哈。"我笑起来。

那次地震，与我的生日之间，隔着两个季节。

"那天之后，我常想，如果你在这个城市，不得不再经历地震的话，我希望有一个地方，让你没那么害怕。"旬说。

就这样，我生日的晚上，在旬发明的透明帐篷中，我们两个人待了很久。

我们的身体长久地交融在一起。

在最需要呼喊的时候，东京塔恰如其分地斜在我面前，孔武有力，又云雾缥缈。

那以后我常想，不知道旬最终有没有做水面的实验。

内心深处，我对漂在水上的性冒险的好奇并没有随着跟旬爱情的终结而终结。

后来那个好奇掺杂着回忆出现在我的梦境中。

那是一个奇幻的、有哲学感的、自带背景音乐的梦。

在梦里，有平静的海面，看不出深度的令人有点恐惧的海面。

还好配合了一轮满月，在空中也在水面。

那满月成全着某个假象，安抚了一部分恐惧感，成就出画面和心底的巨大满足。

那真是一个绝佳的人体交汇的场面。

我漂在星空下深不见底的海面上。

旬时而在，时而又不在。

不论他在或不在，那个熟悉的"孤独"感都在。

可能因为这个"孤独"是我和旬之间最深的彼此了解，在确定感到孤独之时，我竟然有种欣慰。

6. 后来

在我生日即将过完的那天晚上，两个人都筋疲力尽之时，旬和我并排平躺在能看到夜空的充气帐篷里。

旬问："你相信有上帝存在吗？"

我说："嗯，我是有神论者。"

旬说："我很喜欢文艺复兴时期的艺术家关于上帝的说法。"

"什么？"我问。

"关于生命中一切重要的事，首先是人跟神之间的关系，其次才是人跟人之间的关系。"旬说。

我默默点点头。

"我常拿这来安慰自己。尤其当我对爱无能为力的时候——也许爱就是人跟神之间的关系，其次才是人跟人之间的关系。所以如果真的不知道该怎样，也许，神会原谅，神会安排。那么，也不必苛责自己。"

这是旬那天最后的表达。

"等我好好帮这个设计想一个配得上它的名字。"

"嗯，一定哟。"

"一定。"

这是我们那天最后的对话。

后来，我们分手了。

我试着像旬说的那样，努力想象，有些关于爱的谜题，首先是"人跟神之间的关系"，这样，就不必苛责自己。

然而，没有苛责，还是会经历漫长的感伤。

两年后，我被领导委派陪同公众号的几位赞助商去东京参加一个展，顺便看樱花。

其实我没那么爱樱花。

美则美矣，决绝也是决绝。

按照领导的指示，我把赞助商们照顾得很好，我带他们去了一些观光客找不到的美味的本地餐厅，受到大家的一致欢迎。

"你怎么会对东京这么熟？"一位客户称叹。

我未置可否地用笑容和一两个"哼哈"回应了这个问题。

好在她也不是真的想知道答案。

在离开东京的前一天，我把那一行人送到 G-six（东京银座的购物中心）去购物，然后独自返回我自己喜欢的地方无目的地游荡。

走在南青山的一条巷子里的时候，我接到了领导"小高"的电话，正是那天，他在电话里兴奋不已地告诉了我李成吾和余芊芊的下场。

诚实地说，在不多的几次回想到李成吾和余芊芊的时候，我的确出现过"善恶终有报"这个念头，带着坐等他们被惩罚的恶意。
然而，那个恶意一旦真的成了现实，我也并没有感到任何痛快。
似乎心里有的只是感慨。

"小高"在挂掉电话之前，又貌似不经意地补充了一段内容。
大概是说，这几个公众号经营不下去了，他自己也要另做打算。

"小高"说："我看你对医美这么在行，找个大医院去当个市场或销售应该不成问题。估计这个行业还能旺几年，不像文化，现在哪儿还有人在意什么文化啊。还是女人的钱好挣，人要学会顺势而为。有些事也不必执着，文化这东西嘛，它也就是个产品。你看看那些整天兜售真善美的，有几个自己相信真善美？你也不年轻了，也该仔细盘盘自己的资源能怎么转换，该挣钱挣钱，该嫁人嫁人，一个女孩子，本来就应该谈谈恋爱说说是非，再结个婚生个娃带一带，也就完了。我跟你说啊，什么都是假的，能让自己衣食无忧保持基本尊严才是真的。"
我在电话这边沉默。
"小高"又补充安慰说："当然了，长远地看，咱们这个行业早晚还是'内容为王'，你在业内笔耕不辍这么多年，绝对算是有一技之长，不用太担心。你呢，从周刊跟我工作到现在，我还是很了解的，优点是有理想，缺点是太理想化了。行业跟个人，都有个起起伏伏，顺境要冷静，逆境要沉着。泰格·伍兹还能重夺大满贯呢，明天没准还是会更好，谁知道呢，对吧。"

那是多年以来，领导"小高"跟我说的最接近"肺腑之言"的一番话。
我在十分钟之内获知了背信弃义之人的下场，也获知了自己的再次失业。
一时间，内心五味杂陈。

那天的表参道和往日一样热闹。
我走到沿街的教堂门口，在那儿坐了一会儿，想到旬说的，关于"首先是神和人的关系"。
心里不禁起了一个对神的疑问：如果，从李成吾到旬，都首先是神跟我的关系，那么请问神究竟想让我从这些关系中领悟些什么？
我没有等到答案。

离开教堂，路过表参道苹果店，我在路边的吸烟区驻足，从包里拿出iqos（电子烟）假装抽了两口。
结束那支电子烟之前，一阵感慨——从什么时候开始，连借打火机这种古典的借口也慢慢从地球上消失了。
大部分打着"便利"旗号的产品的发明，难道不是让人更加孤独？

黄昏时分，我往明治神宫方向走去，准备搭电车去银座跟结束购物的客户团会合。

在快走到神宫前的斜坡上，等候红绿灯的时候，我发现马路对面有一个酷似旬的男子。

那男子没有看我，和大部分等待走过路口的行人一样，目不斜视地看着他前面的远方，一张略显疲惫的脸被夕阳勾勒出一个很有电影感的轮廓。

我在人群中跟着直觉拐进旁边的巷子，又走了一阵，前方不再有接近旬的身影，直觉也不负责任地平地消失了，我沮丧地在巷子里茫然地信步穿行，一时间手腕怀念起旬发明的曾经把我们牵引在一起的绳索，那个就算再多人拥挤着也不会让彼此走失的绳索。

后来它被丢在哪里？我竟然不记得了。

快走回表参道时，路过一家准备打烊的店铺，两个工作人员从门口悬挂的展示架上取下了一个展品。

那展品，酷似我生日那天旬在东京塔附近向我展示的设计，只不过尺寸要小很多。

我没设想过会有这种狭路相逢，一个烙在我心底的礼物就这样没有任何预兆地在巷口转弯处忽然出现。

不期而遇像一个咒语，令我定格在原地，我默不作声地站在原地，看它被工作人员拆下来安置在店内。

顺着它被安置的方向，我看到对面墙上悬挂的 LED（电子显示屏）上用中文写着这样一行字：

"关于 xixi 的一切。"

彼时有两个说中文的女孩从店里走出来。

一个女孩问："这到底是个什么展？"

另一个女孩回答："时尚类的吧，有衣服，也有小首饰，还有刚才那个挂着的，看不懂是什么。"

"东京就是这样，什么凑一凑都能弄个展。"

"是啊，有什么可买的吗？"

"没来得及细看。"

"不过也买不动了。"

她们的声音明明很近，可就像是响在别处，是那种"另一个维度"的别处。

我不知在那儿站了多久，仿佛咒语解除，我才恍然发现店里的灯早已暗下来，LED 也被遮挡起来。

在离开时我有点疑惑，不确定刚才真的看到了什么，还是说，那只是幻觉。

如同我不确定在路口看到的那个轮廓像旬的人一样。

走回原宿车站等车时，一只乌鸦飞过来落在对面的广告牌上肆意地叫了几声。这让我又想起那年生日，喝醉之后在纸上写给旬的那段艾略特的诗句，关于起点和终点，如此宿命。

忽然之间，关于旬的那件发明，我想到了一个恰当的名字——如果可以，它应该就叫作"今晚月色好美"。

答应过的事，多年之后终于有了答案，我感到一阵释然，心底涌出久违的喜悦。

电车远远地来了，卷起站台的风，乌鸦飞走了，广播里的女声开始持续地说着那个我熟悉的词：

mamonaku

mamonaku

那音调依旧如此温柔，令人顿生久别重逢般的感慨与安心。

出轨

1. 发现丈夫出轨

一周之前，我发现我丈夫出轨了。

先别问我是怎么发现的。

但凡丈夫出轨，大部分太太都会发现。

只不过，莽撞的女人会迫不及待地拆穿，而像我这样不是那么莽撞的女性，不会把"拆穿"放在第一步————"拆穿"基本等于最后通牒，除非自己手里有保证立于不败之地的撒手锏。

冲动是魔鬼。绝对的。

所以呢，现在事情的关键不在我殷晓晓是怎么发现的，而是在发现之后，我能怎么办。

这真令人烦恼：我丈夫出轨了，我不知道接下来要做什么。

想了三天三夜，还是没想出答案。

想找人商量商量，竟然找不到合适的人选。

这种事情，首先不能跟父母说，否则就会立刻变成一场失控的"混战"。

再说，不论是我的父母还是我丈夫的父母，都是那种明显长期过得不高兴，就是互相不撒手，硬在不高兴的婚姻中僵持了二十几年的夫妻。

以这样的人生经验，我能指望他们给出什么乐观向上正能量的建议？

找朋友商量呢，就又陷入了另一种窘迫——大部分成年人在生活出现变故的时候，都会发现自己其实没什么能交心的朋友。

比如说我吧，"朋友圈"有一千多人，算不少了吧，但能把名字和脸对上的，其实一半都不到。

在这种最需要"朋友"的时刻，我把那几百个来回翻了三四遍，最终挑出的候选人也就只有三个。

更令人郁闷的是，经过一番分析之后，这三个人又都被我否了。

先说说这三个人的情况吧。

第一个被我列为候选人的是郑天虹，我称呼她"天虹姐"。

天虹姐是一个表面上看情绪特别稳定的人，话不多，喜欢抿着嘴，她抿着的嘴角在最小幅度内就能完成从赞赏到轻蔑的最快转换。这让她永远都自带着一种宠辱不惊的态度，仿佛这世上已经不太可能出现什么超出她意料和值得她增加嘴角幅度的事情了。

"稳定"是一个女人最宝贵的品质，碰上事儿了，只有跟稳定的人讨论，才可能做出相对正确的决定。

更重要的是，天虹姐过着大部分女性都羡慕的生活。

她跟她丈夫老蔡是大学同学，据说他是她的初恋，两个人在学校谈的恋爱，毕业以后不到半年就结了婚，去年刚庆祝了"银婚"。

老蔡具体做什么的我不知道，天虹姐反正什么工作都不做，而且是什么都不做还看起来特充实的那种妇女。

从认识以来，我就带着无比羡慕的心情目睹她优渥的生活。她的吃穿用度显示他们家财力应该是特别雄厚。比如说，我们一年能见二三十次面，每次见面，天虹姐都会戴一块不一样的腕表，单是卡地亚蓝气球就有不同款式的三块，以至后来只要是跟她见面我都不好意思戴手表了，什么是"捉襟见肘"，放在有郑天虹这种人类存在的现世，画风格外残酷。

不仅如此，天虹姐儿女双全，儿子刚去了纽约，在哥伦比亚大学读书。

女儿才五岁，天虹把她打扮得又贵又有品，四季都能当幼儿"街拍"的范本。

以这种家庭构成，想必郑天虹御夫有术，要不怎么可能在结婚二十年之后又生了老二，这起码说明夫妻感情不错吧。

我跟天虹姐是在月子中心认识的，我儿子比她女儿大两天。经闲聊发现我们住一个社区，从此就成了朋友。

认识郑天虹坚定了我不工作的念头，我希望我丈夫也像老蔡那样会挣钱，好让我负责在别的女人面前显示财力和幸福。

凭良心说，哪个女的不羡慕这种不用自己动手还锦衣玉食的生活？

如果我发现我丈夫出轨是在两个月以前，我绝对会毫不犹豫地第一时间找天虹姐问意见。毕竟像她这样一个榜样式的人物，应该能给出不同凡响的建议。

然而，如同透过"朋友圈"不可能真正了解一个人一样，现在的人，"表面"约等于"假象"。

好巧不巧地，就在两个月之前，我无意间听说了天虹姐的一个秘密。

"太太，那位大姐有严重的抑郁症，长期吃药，每年会自杀好几次。还经常发作带状疱疹，可吓人了。"

这话是我们家阿姨说的。

我们家阿姨又是听天虹家的阿姨说的。

天虹家的阿姨当时刚被天虹开除，原因是卫生没做到位，导致她女儿被他们家狗传染了一种什么人畜共享的病。

"太太，您说，明明是他们家自己的狗传染了自己的娃，为什么要赖在阿姨头上呢？人心都是肉长的，有钱就能不讲理吗？什么世道！"

我们家阿姨很为同行抱不平，接着就絮絮叨叨说了好多她听来的关于天虹家的传言。

我嘴上说着"咱们没事别说别人家的闲话"，人却没离开厨房。

阿姨心领神会，一边点头称是，一边陆续把听来的流言添油加醋通通跟我说了。

不知为什么，在听了那些把天虹从"神坛"上拉下来的传言之后，我内心获得了某种奇怪的平静。

等再见面，我首次产生了跟她"平起平坐"的自信。

她那些昂贵的佩饰失去了让我不安的威慑力，她看上去一如既往的平静也不再令我仰视。

甚至，我就像刚认识她一样，察觉到她的脸色暗黄，白眼球也泛着略混浊的同一色度的淡淡的黄。

那些暴露了深层沮丧的黄色，任凭她手上的钻戒再闪烁也掩盖不了。

我暗自奇怪，为什么以前从来没有留意过这些显而易见的"中年黄"？

这样想着，我坐在天虹对面默默叹了口气，心底对她生出了真心的关爱。

在那一刻，我领悟了一个道理，人只有在"平等""自由"的前提下，才有机会做到"博爱"。

这种好不容易建立的平等感，我才不会拿我丈夫的丑闻去打破它。

所以，我的秘密不能跟天虹说。

在否定了天虹之后，我又相继否定了另外两个人。

那两个人都是我认识了快十年的闺密，一个酷爱讲大道理，一个是典型的"宇宙中心小姐"。

爱讲大道理的叫 Vivian，以前在外企工作，后来成了"自由职业者"。跟对老蔡一样，我也不知道 Vivian 具体是干吗的，听起来反正就是社会上流行什么她就刚好在做什么。

最近两年听说她又投身金融行业，每次见面她都在帮这个融资帮那个找钱，说的数都挺大，这让我对国家经济建设特别有信心。

当然，这也不是对她全盘否定。

Vivian如果真能跻身"成功人士"的行列，绝对跟她个性特别积极有关。年过三十的Vivian常年像打了鸡血一样，不论顺境逆境，她都能活出搞传销的架势，长期自带鸡汤体质，且坚持到处推广自己的三观。

坦白说，我挺佩服她的。

唯一的问题是，她太爱讲大道理了，且时时刻刻都在找机会教育别人。

就说上次，我们几个闺密出去玩儿，包了辆旅行车，好嘛，一路上就听她没完没了地教育司机，以各个角度各种观点劝人家"上进"，直说到那个陌生的司机最后都发誓说当晚回家就开始学英语。

这期间，趁司机上厕所，我劝Vivian，说你别数落人家了，我们坐车人家开车，已经够累的了，还要听你训话。

Vivian不乐意了，转头提高一个调门对我说："我说人家司机，人家起码知道什么是好，你看看你，我说你多少回了殷晓晓，你还是不工作不学习不健身，你一个就知道褚橙不知道褚时健的家庭妇女，你还不如人家司机呢！"

我懒得跟她斗嘴，由着她继续说司机。

Vivian没明白，我不是怕她，而是可怜她。

她自己都不知道，她的大道理让多少人望而却步。

有一回Vivian来我们家吃饭，对我丈夫带来的一个单身的合作方颇有好感。晚上等大家散了，我让我丈夫帮着给撮合撮合。

我丈夫第二天带回对方的答复："没戏。"

对方说 Vivian 让他想起他的一个中学老师，说那是他一度挥之不去的梦魇。

"啊？为什么啊？"我问。

客观地说，Vivian 长得还不错，又常年健身，练出了一副好身材，还经常到处旅行，见多识广会生活，经济和精神都独立，属于媒体上鼓动女青年应当成为的那种样子。

"我一点都不意外。"我丈夫说，"晓晓你相信我，没有哪个男的喜欢听女的讲大道理。一男的一辈子如果必须容忍女人讲大道理，最多也就是自己亲妈——连亲妈都不宜说太多。"

"那我看你回回见面跟她聊得还挺热烈。"我说。

"你就这俩仨朋友，我那是给你面子，再说，我一不跟她谈恋爱，二不跟她过日子。敷衍敷衍也算我日行一善。"

我想了想，丈夫说的也不是没有道理。条件不差的 Vivian 始终情路坎坷，有过一段短暂的婚姻和数段短暂的情史，好像的确没见过她跟哪个男的特别长情。

然而就算是自己经历这么多感情挫折，Vivian 还是特别爱教育别人，包括我。

只要我们见面的时候我丈夫不在场，她都会跟我讲一通"女性独立"的大道理。

"殷晓晓我跟你说啊，婚姻最多就是个法律层面的关系，对感情没有任何保障！你就算不工作，也要学习，退一万步你实在懒得学习，起码也要建立自己的圈层，不然，不要说你对郑恳越来越没吸引力，再过两年，郑则有也不把你当回事儿了。"

她说的郑恳是我丈夫，郑则有是我儿子。

"我知道啦，则有他干妈说的都对！"

"你别敷衍我，我这是为你好。等哪天真发生什么事儿了，你哭都来不及！"

Vivian是我儿子的干妈，郑则有大部分益智玩具都是她买的。她自己则宣称是坚定的丁克。

"你放心，以后等咱们老了，让则有照顾咱们大家。"

"你算了吧，殷晓晓，郑则有能照顾你就不错了。我还是指望人工智能吧。"

说完又批判了我一通，说："凡是内心还想着养儿防老的人，都是拿爱当幌子，其实还是自私。"

一般Vivian振振有词的时候我都懒得跟她争辩。

一来，以她的个性，你越跟她争辩，她越有斗志。

二来，我确实打心底可怜她。你说，一个从来没当过妈的女人，跟一个经历过十月怀胎的女人讨论什么才是对孩子的爱，她哪儿知道"血缘"的真正含义，我跟她讨论得着吗。

就算在婚姻观子女观方面如此"政见不合"，我和Vivian还是多年的闺密，让我忍耐她的大道理的主要理由，是她的仗义。

她是真把别人的事儿当事儿。

我结婚第二年的时候跟郑恳闹过一回离婚，因为不想让我父母知道了担心，就暂时在 Vivian 家住了几天。

虽然每天听她讲大道理真挺烦的，但她在教训我第二天的时候就给了我二十万现金，逼着我去看房，还当场就交了定金。

说是"就算实在精神无法独立，经济也要独立，就算经济不能全独立，立一部分是绝对必要的"。

我跟郑恳和好之后立刻把钱还给了 Vivian。

郑恳对此很赞许，让我"多跟 Vivian 学学理财"，同时嘱咐"别的就别学了"。又感叹"她要是个男的就什么问题都没有了，说不定还会是个特抢手的男的，唉，可惜了，是个女的"。

后来那套房升值了，有段时间我挺高兴。

只高兴了一段时间是因为那件事 Vivian 当我面儿以"我早料到"起头给不同的人起码说了几十次。

功劳的光环都是让话痨给败坏的。

我跟 Vivian 还是闺密，但我真不愿意听她以"我早料到"开头的任何发言。

所以这回郑恳出轨的事儿，我也不想跟她说。

除了 Vivian，另一个算得上能推心置腹的人就是娄小凡了。

娄小凡是个官二代，父亲是个干部，但不是官职多高的那种，母亲是个中学老师，家里就这么一个女儿，属于从小"富养"的。

小凡很早就嫁人了，丈夫的父母都是机关干部，典型的门当户对。

小凡和 Vivian 一样，对我也挺不错，在我们当朋友的这么些年里，有好几件正常渠道无法正常解决的事儿，都是小凡让她爸爸或她公公帮的忙。

和 Vivian 不一样的是，小凡不爱讲大道理，但她有她的问题。

可能是一家人都宠着她的缘故，一个三十大几的人了说话行事都还特别像小女孩儿，衣食住行都走网红路线，随时随地都嘟嘴比剪刀手，她所有发出来的照片如果用在"寻人启事"上，结果肯定是"查无此人"。

这倒也没什么，如果可以，哪个女的不愿意多当几年小女孩儿？

真正让人受不了的是，不论你跟她说什么，她都能以最短路径把话题和焦点快速转到她自己身上。

比如有人随便问了一句："你们谁看《向往的生活》了？"

小凡立刻接："哎，我跟你们说啊，好多人都说我老公像黄磊，你们说像吗？咯咯，哪儿像啊！真是的！再说，要像也要像黄磊年轻时候啊，像现在的黄磊，那到底是夸我老公还是损他啊！咯咯咯，不过我老公也爱做饭，你们看啊，我最近又胖了，咯咯咯。"

比如我说："我儿子发烧了。"

小凡马上说："晓晓我跟你说啊，我家 kiki 最近老打喷嚏！我问大夫了，大夫让我们全家都查查过敏原，我们赶紧去查了，你知道有多夸张吗？查出来说我对麸类过敏，你们明白这是什么意思吗？意思就是一切面做的东西我都不能吃了，我太可怜了，没有下午茶的我，可怎么活下去啊。"

补充说明一下，kiki 是娄小凡他们家的猫。

又有一天，我们几个人在吃饭的地方看见了李宇春。

我赞叹了一句，选秀出来的这些艺人里，还是李宇春最有质感。

然后小凡就以"我跟你们说过我上大学的时候也参加过选秀节目吗？"这句当开头，讲了半小时她上学的时候多受欢迎。

郑恳跟我抱怨过无数次，说你是怎么跟娄小凡这种人做朋友的。

我屡屡反问，没有娄小凡找她爸帮忙，你算哪门子"人才"？怎么入得上北京户口？

是啊，虽然娄小凡凡事都以自己为中心的习惯的确是有点讨人厌，但我并没有因此疏远她。朋友嘛，就是这样，友情中总有个隐形的供需关系，她帮我的忙，我虽然帮不上她什么，但我可以成为她忠实的观众和陪衬啊。千万不要小看这两个角色，没有观众和陪衬，炫耀和骄傲就失去了载体，要不"朋友圈"这种东西怎么能盛行？它不过就是把"听众"和"陪衬"的功能最大化罢了。

然而，我也不能对小凡说郑恳出轨的事儿。

一来，解决这事儿，小凡最擅长的"走后门"没有用武之地；二来，我敢打赌，只要我开口，她能立刻找出二十个以上的主题不间断夸她的丈夫。

在自己的丈夫刚坐实出轨的情况下，我也实在是没心情听别人"炫夫"。

就是这样，表面上看跟我来往最密切的三个闺密，没一个适合倾诉和商量。

既然如此，我决定先不莽撞地揭露我丈夫。

Vivian 说的也许是对的，婚姻的确不是一个仅仅为感情服务的载体，我没有小凡的家世，也没有 Vivian 的能力，除了是"郑则有的妈"之外，我也没有任何能拿出手的"名号"。那么，如果连天虹姐这样的人都能在带状疱疹和抑郁症中忍着委屈继续演幸福，我凭什么活得更矜贵？
就算唱红了"任他们多漂亮，未及你矜贵"的郑秀文，摊上丈夫偷腥这种事儿，又能矜贵出什么花样？还不一样是"忍"吗。

在这样劝慰自己之后，我获得了暂时的内心平静，继续不动声色地跟郑恳过日子，该说话说话，该吃饭吃饭，该一起逗孩子就一起逗，该跟他要家用的时候就张嘴要家用。
话说回来，这两年，我们的夫妻生活来回来去也就只有这四件事，其中"说话"的内容也基本仅限于吃饭、孩子和家用。

就这样不动声色又无计可施地挨到某个日常的下午，鬼使神差，我无意中看了一档情感节目。

节目里有个女的，讲她正在经历的婆媳关系的那点事儿，在场的其他人七嘴八舌地给她建议。

我忽然受到启发。

如果不能跟熟人说，是不是能跟陌生人说呢？好处是至少不用担心对方在亲戚朋友间大嘴巴啊。

有这个假设当前提，我好像看到一条出路，立刻行动起来，在我能想到的途径中筛选合适的"陌生人"。

经过一番比较，我参加了一个网上的付费课堂，那个课堂主要就是针对婚姻百态的，广告打得特有蛊惑力，什么"如何通过解决感情问题让自己成为人生赢家"。

然而，在听了两节专家的课之后我就后悔了，那些专家，论有钱不如郑天虹，论有势不如娄小凡，论能说不如 Vivian。他们的大部分论点，听起来都像用地沟油炒的回锅肉——不论多使劲假装热辣，也盖不住一股子腐朽霉烂的哈喇味。

就在我感觉上当，眼看要再次陷入绝望时，无意间发现了"留言区"这么个有意思的所在。

经观察发现，活跃在留言区的人大部分都不是奔着那些"专家"来的，而是为了寻找同类，互为同盟。

我尝试着参与了讨论，立刻收到热情回应，大家对待陌生人的家务事那种责无旁贷且同仇敌忾的热忱，令人瞬间有种找到"组织"的感觉。

接着，在"组织"的鼓励下，我做了一个重要决定，那决定是：我也要出轨。

推导出这个决定的过程是这样的，"组织"中的同类们在听了我的讲述之后先例行声讨了小三。接着她们给出了一系列建议，第一个建议是打击小三，让小三身败名裂。

这个我做不到，因为郑恳出轨的对象是他的合伙人，如果我在这个阶段让她身败名裂，更有可能快速出局的是我本人。

一计不成，讨论区又有人提出第二个建议：如何揽住经济大权。

然而这个我也做不到，郑恳从来也没让我管过钱，况且他在挣钱和理财方面都比我更在行。

前两个计策都被否定之后，热心的群众没有气馁，又给出另外两个重要的经验之谈：一、如何在家族中获得舆论的支持；二、如何把孩子牢牢把握在自己手里，让孩子成为改变局面的关键。

"不论发生什么，都要坚定不移地让所有人知道你是个'好妈妈'，放心，女人最大的王牌，就是'妈'，只要你还是'妈'，你就已经获得了舆论的支持。"

这是留言区一个资深群众说的，这段话出现之后即刻获得了一串好几十个排列整齐的大拇指图形的赞许。

然而，这让我的绝望加了倍。

我在家族中获得支持的可能性也不大，因为当初结婚的时候我婆婆就觉得郑恳栽我手里可惜了，要不是我在胶着阶段及时怀孕，还不一定能顺利走进这桩婚姻呢。

至于如何利用郑则有，说实在的，能用亲儿子在家里换取的尊严和资源，我已经无所不用其极了。让学龄前的郑则有再扛起这个力挽狂澜的重任？

就算他愿意，我也真的做不到。

原本讨论热烈的一众人，在看完我对她们每一个建议的回应之后，失去了耐性，不少人当场就退出讨论，甚至有人丢下"可怜之人必有可恨之处"这种伤人的话。

幸好也不是所有人都这么决绝。

在冷场一阵之后，刚才那个劝我当"好妈妈"的人又提出了另一个建议，她开宗明义地说："如果你对管人和敛财都没办法，又对当个有口皆碑的好妈妈没自信，那只能从自己这儿找平衡，最有效的办法就是挥霍或乱搞，你刚才又说你对你老公的钱没有控制力，看来，只有你自己也出轨这一条路了。"

这个建议，我很意外。

在我对着这行字发愣的时候，刚才那群发大拇指的人再次发了几乎同样数量的赞同图形。

当然也有不同意这个建议的，群里的人因为我的问题瞬间分成两个阵营，热烈辩论该不该以自己也搞外遇作为报复。

我旁观了一阵之后，选择站在了"保守派"一方，最终义正词严地斥责了提建议的人，然后愤然离群。

接下来的几天，必须诚实地说，我心情愉快多了。

好像走进死胡同之后又发现新出口，有种绝处逢生的放松之感。

因为我在退群的时候已经决定要采用那个建议。

2. 本人出轨计划

在下定决心之后，我默默列出"出轨候选人"，虽然也只有三位，但感觉他们比"商量候选人"看起来更接近实现的可能。

列完名单，我正式开启出轨之旅。

被我选为"第一候选人"的，是我婚前的"备胎"。

不论什么样的女孩儿，人生中都会有一个或不止一个曾经对她死心塌地的"备胎"。

我的备胎是位很会赚钱的慈善家，陈先生。

"很会赚钱"，还"慈善家"，乍听之下似乎不应该沦为备胎，如果不是他只有不到一米六且比我大二十岁的话。

我也不是只注重外表，毕竟老陈财富的数量弥补了他身高上的不足。在他当年追求我的时候，我脑补过很多次跟他出双入对的画面，在挣扎了许久、几乎就要咬牙接受他的年纪和身高时，是他自己又节外生枝。

那次我们一起在俱乐部打球，他为了一个不能自己带矿泉水的规定跟俱乐部的主管争论了半小时。

老陈不知道的是，在他据理力争终于获得自己带水的权利之后，他基本失去了我。

说实话我不是特别能理解老陈对财富的观念，他可以眼睛都不眨地动不动就以六位数甚至七位数额度给各种公益慈善项目捐款，但对俱乐部卖二十元人民币一瓶的矿泉水绝不姑息。

这倒也罢了，我也不主张打着高端的名义乱收费。但他日常生活的消费观渐渐成了阻隔我们之间感情进展的最大障碍。例如他出行只坐经济舱，吃饭都是家常菜，只有一辆私家车，也不算什么顶级牌子，就是辆SAAB（萨博），且已经开了快十年。

又一次，他带着和前妻的儿子跟我一起吃饭，我目睹他结账前强迫那孩子把碗里剩的半份肠粉吃完。

老陈早年开过餐厅，最恨别人剩饭。

"浪费是最普遍的恶行。"这是老陈特喜欢说的话。

那天我看着那孩子含泪把最后半截鲜虾肠粉吞下去的时候，我也赶紧把自己点的柠檬蜜喝完，并且像个小学生一样，把只剩下冰块的杯子冲老陈扬了扬，仿佛期待他的表扬。老陈沉浸在改造儿子的亢奋中，黑着脸没顾上对我说什么，临走前从我杯子里拿了一个冰块放在嘴里嚼得嘎嘎作响。

这样的一个人，尽管不止一次地向我表白他一定会对我好，我最终还是没敢接招。我实在搞不清，像老陈这种不同寻常的人，他观念中的"好"，跟我这样的凡人观念中的"好"到底有多大差距。

在最终决定跟郑恳结婚的时候，不知出于什么心理，我还特地去跟老陈
见了一面。

他听说我已经怀孕，就把脖子上戴着的一条翡翠项链摘下来，给我戴上，
说是让我照顾好自己和肚子里的郑则有。

老陈当时慈爱的表情制造出奇怪的幻觉，如果不是我从来都没有跟他发
生过性关系，我简直要怀疑郑则有到底是谁的孩子了，究竟应该叫郑则
有还是陈则有。

我从小到大收礼物的经验不多，收昂贵礼物的经验更少。像郑恳，都决
定跟我结婚了，还是在我再三督促之下才勉强买了个一克拉都不到的
钻戒。

所以老陈送的翡翠像个旗杆，立在我乏善可陈的青春中，负责填补"收
贵重礼物"的空白。

哪怕只因为这个，他也理所应当成为我的出轨第一候选人，在一个感到
被欺骗的节骨眼上，我迫切地需要曾经送过我贵重东西的人向我证明我
身为女性的价值。

跟老陈约好见面那天，我换上 V 领的紧身上衣，从抽屉深处翻出那条项
链戴上，调整好长度，让那块翡翠恰如其分地悬挂在我乳沟上方不远处。
在去的路上，我还大概其编了一个难忘旧情的故事，编的时候没料到啊，
两小时之后，我臊眉耷眼独自回了家。

那天郑恳跟他的婚外情对象借公务之名出去浪了，郑则有被我送去了我妈那儿。

回到家，我一个人坐在客厅的沙发上，除了脖子上的翡翠之外，手腕上又多了一串珠子。

"品质这么好的沉香木，现在找不到了。"这是两小时前老陈说的。

那串木头珠子此刻在我手腕上散发的不只是淡淡的木头味道，还有一些淡淡的老陈的味道。

我们还是什么都没发生，并且，应该也不会再见面了。

原以为只要我说出口，这么个看起来简单的轨，应当水到渠成，没有出不成的道理，谁知所有因素都考虑过之后，唯独忘了"生理"本身会是个问题。

"晓晓，你还对这些有兴趣，真好啊。"

在听明白我接近明说的"暗示"之后，老陈由衷赞许道。

接着，他坦然地告诉我他已经多年"不吃肉也不行房了"。

"所以你追我那会儿就……"我疑惑地说。

"那时候，还有兴趣，但阴错阳差，你对我没兴趣。呵呵。"

"那你是什么时候发现自己，那什么的？"我问。

"好像也没有一个特别的时间点，大概就是从前几年开始，渐渐对很多纯粹的欲望都失去兴趣了，没兴趣久了，就没需求，没需求之后，好像功能也就自动消失了。"老陈像是讨论一个正常的退休过程一样，对自己性能力的终结相当坦然。

"那，没想过找医生看看吗？"我追问。

"我不认为这是病啊，我觉得这样很好。就好像说，吃素不是因为我吃不起肉，是因为我的身体已经不再需要肉。我没有压抑，也没有挣扎。我也年过半百的人了，一切顺其自然，接受自己的变化，这样不是也很好？"老陈说得面带微笑。

"很多人五十多了都还生龙活虎呢。"我激励他。

"晓晓，世界上还有很多卧室之外的事儿值得我花精力，我对此完全没有困扰。我自认也很生龙活虎——在另外的一些事情上。晓晓啊，人只有不被任何欲望控制的时候，才能真的自在。"老陈说完这句，身体往前倾了倾，伸手拍了拍我的手背。那笑容，那态度，让我瞬间觉得自己既无知又狭隘。

老陈是个仁义的人，好像为了安慰我的自我批判，也或者是为了让我感到不虚此行，拍完我的手背，他把手上戴着的沉香木手串摘下来给我戴上，说是可以"帮助人找到自己"。

我戴着老陈给的珠子，没怎么感觉到他说的平静，倒是心里翻腾出一个"如果"——如果当时嫁给老陈，不知道现在过得怎么样，但有一点至少可以确定，老陈作为丈夫不会出轨，因为他不需要。

这真讽刺。

跟老陈的会面出师不利。

我没有气馁，立刻锁定第二人选蒋师傅。

蒋师傅的职业很难归类，说他是大夫吧，他好像不够，要说他是按摩的，他会立刻生气摆脸色。

蒋师傅说了，他"是治病不是消磨时间"。

可是呢，准确地说，他说的"治病"就是按摩，而且只按手。

蒋师傅是我在娄小凡家认识的。

当时我还在单身时期，有一天我去娄小凡家蹭饭。

开饭之前，娄小凡的父亲从里屋走出来，脸上带着微微浮肿的放松表情，连川字纹都比平常淡了一个色度。

跟在娄老先生身后的是一个眉清目秀的年轻人，穿一身打太极的人爱穿的那种棉麻的套装，袖口裤腿都很宽松，显得这个人在衣服里有股子晃晃荡荡的仙气。

此人就是蒋师傅。

娄家全家当时都对他赞誉有加，说他的独门手艺强身健体根治百病。

"这不是按摩，是手部穴位治疗。"蒋师傅声音不大，但态度坚定地更正了娄小凡她爸介绍他时的用词。

那顿饭之后，在娄家人的鼓动之下，我也成了蒋师傅的"病人"。

虽然我没有什么问题急需治疗，但以中医的哲学，"健康"基本是个海市蜃楼，只存在于幻象之中。所以严格地说，生而为人，基本上人人都有病。

起初我约蒋师傅治疗是为了给娄小凡面子。娄小凡这个人呢，如果她热情推荐而我不接下茬儿，势必会成为我们之间的嫌隙，我还得找其他理由弥补。

我惹不起她，只能敷衍她。

好在不久我就发觉，蒋师傅的"治疗"是个打发时光的不错选择。他是个挺干净的人，话不多，内容又都跟养生有关，还语气温和态度恳切。

听他说话起码比跟我当时那些女同事凑一起讲办公室里的是非略微有趣一些，还不贵。

我在蒋师傅那儿的"治疗"进行了半年之后中道而止。

关于这个中止，有一个我跟谁都没说的秘密。

应该这么说，跟谁都没说并非秘密重大，而是我连对自己都不太说得清。

如果能把视线拉向远方，让我用"上帝视角"尽量客观地再现这个秘密的话，大致可以做如下描述。

蒋师傅的技术，用他自己的话说，叫"手部穴位治疗"，解释成大白话就是捏手。

当然我绝对相信其中一定有他独到的技术含量，因为所有他捏到的地方都有明显的疼痛感。并且我看得出，他按到那些痛点的时候，根本没用什么力气，至少是没用表面的力气。好像他手里掌握了什么准确搜索痛点的小雷达，他的手指在我两只手的所过之处，调动出无数隐藏在皮肤之下骨骼之间的疼痛，那些疼痛密密麻麻风格各异，有酸痛、刺痛、痒痛、爽痛、流窜痛、膨胀痛，不一而足。

如果不是蒋师傅，我从来都不知道就我这两只手，竟然有那么多星罗棋布的神经，或用他的话说，"穴位"。

那些"穴位"也都很有自己的姿态，不是谁想找都能找到，我自己就试过，凭我怎么用力，疼的都是表面，就算这明明是我自己的手。

按蒋师傅的理论，每个疼痛点都是身体某个部位或某个脏器的反射区，只要手上的疼痛减轻，就意味着健康状况的改善。

改善没改善我也不确定，但忽然有那么一天，蒋师傅的手法不知为何激发了我些微的情欲。

我被这个意外的激发吓了一跳。

这肯定不在计划内，在那之前，我跟蒋师傅就是最平常不过的"医患关系"，然而，这些意外被激发的情欲，由于他的单身身份让我产生了"讳疾忌医"的顾虑。我可不愿意问他我的那些情欲是从何而来，又该如何处置。

像我这种成长背景的人，还是会以情欲为耻，不太愿意面对人类的"动物性"才是情爱关系的主导之一的客观事实。

基于这个前提，当我发现因蒋师傅按手导致的情欲绵绵有增无减之后，我选择了不辞而别。

前几年偶尔还会从娄小凡那儿听到蒋师傅的消息，后来娄小凡她爸又换了新的"神医"，我就不知道蒋师傅的下落了。

之所以在计划出轨的时候想到蒋师傅，是因为他向我证明过，情欲可以独立生发，不需要谈恋爱那些烦琐的过程。

难道，这不才更应该是"出轨"的真谛所在吗？

找蒋师傅颇费了些周折。

他以前的电话停用了，原来诊所的所在地换成了桂林米粉店，店主不知道蒋师傅是谁。

就在我打算放弃之前，随手在微博上用蒋师傅的名字搜索了一下，谁知，立刻就搜到了。

蒋师傅在微博上使用的是真实姓名。

关于他的条目不多，大部分内容都是积极抗癌。

那些微博条数不多，时间跨度大概在半年，在微博中，蒋师傅说自己得了淋巴癌，最后一条是两个月之前发的，显示他正在接受化疗。

在他发布出来的不多的几张照片中，我还能辨认出那张脸，依旧是眉清目秀，还是穿太极服，只不过以前的"仙气"不见了。

也许是照片拍得不好，谁知道呢。

我挺同情蒋师傅的，也从心里彻底原谅了他。

这话听起来有点不讲理，原谅？嗯，原谅。

此前我对于他的治疗方法让我无端端产生了情欲是带着怨恨的，类似古代良家妇女不小心被窥视到限制级画面的那种怨恨。

现在，我原谅了蒋师傅。

因为他让我发现，一个拼命强调自己在"治疗"的人，最终无法治疗自己。

而他也不知道他的某个病人不辞而别，并非质疑他的"医术"，而是怀疑被他的"医术"激活的"人性"。

这真令人唏嘘。

经历了衰老的老陈和重病的蒋师傅之后，我格外珍惜候选人名单硕果仅存的最后一位。

这个人姓付，是个教授，是在我跟郑恳之前唯一一个和我走到谈婚论嫁那一步的人。

导致我跟付教授临近结婚又分手的，是另一个男人。

我先讲讲他。

此人姓简，据说早年间在美国乡下的一个什么野鸡学校读了 PhD（哲学博士学位），所以常年以"简博士"自称。

简博士一度被人披露过他那个文凭是花钱自造的假文凭，但由于此事没有对他人利益造成太大影响，加上他自己的影响力有限，造假的事儿没什么结论就不了了之了。

他曾经长久地自诩为文化商人，是个滥情的自恋狂。

关于他的滥情，是借由他的一则丑闻被广泛传播的。

这样的一个人，之所以他的丑闻会被广泛传播，主要还是因为丑闻中的另一个主角是个有一定行业势力且个性强悍的女主编。

简博士别的特长不明显，但自认为追求女性的技能了得，尤其对那种经济精神都独立且还对爱情持有盲目幻想的女性。

根据坊间传言，简博士一贯的计策是"秀品位秀孤独和首次送礼出手大方"。

虽然听起来不是个什么特有技术含量的计策，然而据说屡屡得逞。

就是这个，激发了简博士的自信，同时模糊了他对自己的认知。

如果追到那位女主编能佐证简博士的确"捕获有方"的话，其后的发展就是他的狂妄造成的不自量力。

在跟女主编拉拉扯扯期间，他竟然一时技痒顺手勾搭了女主编的一位颇有几分姿色的年轻女助手。

该女助手第一时间向女主编汇报情况，并以主动辞职力证自己的清白。

"找个好用的助手比找个能睡的男的困难多了。"这是女主编事后对此的总结。

事情的后续可想而知，该女主编用当时自己在业内的势力，把简博士长久地从他迷恋过的那个"圈层"清除了。直到纸媒落寞，简博士都没能回到曾经让他如鱼得水、到处瞎勾搭的那些"gala dinner（正式晚宴）"中去。

可能只是把简博士清出局不足以泄愤，那位女主编其后多次在她的"卷首语"当中以简博士为原型，横跨了三个季度，用不同角度不同观点把他写进了她的文章里，终于让简博士成了一个被高端妇女界集体唾弃的"人渣"范本。

然而，世事不会总是停滞于某个人的立场。

"人渣"这个标签在一个圈层被唾弃，在另一个圈层反而成了简博士走江湖的重要卖点。

如果那时候就有"降级消费"这个词，那么这四个字简直可以说是简博士继续放荡的写照。

他开始"放下身段"混迹于他曾经鄙视过的"乙方地带"——所谓乙方地带，就是聚拢的人群都不是制造东西的，而是靠兜售各种产品或兜售各种关系谋生。

简博士自己也没什么制造财富的能力，但兜售自己是他的强项。因此他快速成了对方一听就会做出"那个人就是你啊！"这种反应的"名人"。

在乙方地带如鱼得水的简博士肯定没有料到，正当他再次鼓起"情圣"风帆的时候，他自己成了别人的猎物。

把简博士当成"猎物"的人是个卖房的，叫冯珊，是北京地产界有名的超级销售员。

不过让冯珊被更多人议论的，倒不是她的销售业绩，而是她的"特殊癖好"，她自己把那个称为"集邮"。

因为冯珊的存在，很多人被普及了一个心理学概念，叫作"female-hunter"。

这个词也是经冯珊自己到处传播才为人所知的。

这个词，说得好听一点，是"主动征服的女性"，对应冯珊的行为，就是没挂碍没廉耻心地主动跟不同男性发生性行为。

冯珊对自己的癖好很坦荡。

"我睡谁都不为任何目的，我也从来没有用睡谁换取过一分钱，我睡的都是纯粹想睡的，且睡完就散，两不拖欠。要说纯情，我这才是真'纯情'。"

大概这世上果然有"命运"的存在，同样以征服为快感的简博士和冯珊狭路相逢了。

结果简博士再次成了被热议的人物，这次不是丑闻，是个笑谈。

简博士在结识冯珊后不久，经过一番势均力敌的鏖战，不知什么心理作祟，一直逃避稳定关系的简博士竟然对冯珊动了婚嫁的念头。

稳操胜券的简博士大手笔地在报纸上买了二分之一广告位实名向冯珊求婚。广告的图文都花了一番心思，即便是现在当成网剧桥段也能立刻变成普通大龄女青年追剧的理由。

然而冯珊可不是普通大龄女青年，她是声名在外的"female-hunter"。

这件事的后续是，冯珊用了比简博士大一倍的整版版面做了正面拒绝的回应，重点是，广告费还是她让一个地产公司出的。

整个过程，冯珊自己没出一分钱，然而赚足面子和眼球，同时让简博士颜面扫地。

地产公司之所以愿意出广告费，是因为冯珊动了脑筋，她把拒婚文案变成了一个项目广告：

"当你拥有××花园，你就拥有了向花心说不的勇气。"

文字旁边是一个在巨大的心形上打了个红叉的配图。

这个广告一时间不仅成为地产广告的成功案例，也成了鼓励女性独立的典型案例。

冯珊一时风头无两，被各种媒体追捧，就连简博士之前的主编女友也特地邀约冯珊做了专访。

在其后出街的杂志中，整整六页的访问，洋洋洒洒地说着女人如何主导命运，如何修理"贱男"，如何成为自己为情爱做主的"女王"。

这个专访让那期杂志销量骤增，成为很多想不到也做不到的女性过嘴瘾的重要素材。

冯珊被赋予了改变女性命运的"英雄气概"，在精修的图片中有一张冯珊和女主编的合影，两个跟简博士先后有过过从，又先后让简博士成为笑柄的女性手挽着手露出胜利的微笑。

这个事件令简博士再次被推向舆论的 C 位，陌生人认识他时还是会做出"那个人就是你啊！"的反应。然而这一回合，这反应里明显多了嘲笑的成分。

就是这么一个人，成了破坏我第一次结婚计划的关键人物。

我认识简博士是在他的两桩丑闻之间。

那时候，我正一心一意要嫁给付教授。

付教授是上海崇明人，既秉承了上海男性惧内的传统，又没有身处上海核心地带的那些人明哲保身的优越感。

付教授是 Vivian 介绍给我认识的。

那时候，酷爱学习的 Vivian 又在一个学费不便宜的学习班进修，付教授是给他们上课的老师之一。

等课余跟付教授混熟了，了解到他单身的状况后，Vivian 就热情地说要给我组织相亲饭局。

我听完 Vivian 对付教授的介绍，问她，既然你说他这好那好，你不也单着呢吗，怎么自己不留着？

Vivian 看了我半天，长嘘一口气，难以阻挡地喷射出"你个不知好歹的东西"这种眼神，然后微微摇了摇头说："我告诉你殷晓晓，我是那种有男的没男的都能活得挺好的女人，而你，你并没有这个能力好吗！再说了，你什么时候见过我恨嫁？你再看看你自己的悲催样！成天愁眉苦脸，一副不嫁人毋宁死的德行。还不趁自己跟人家教授比起来算有点年龄优势，又有几分姿色撑门面的时候赶紧把握住机会！就你这样的，你以为你机会比我多吗？"

我想了想，她说的基本属实，就听从她的安排跟付教授见了面。

后来 Vivian 多次夸我"情商高"，说要换成她，别人说那么难听的话她转头就走了。

我不知道情商是什么，但我从小就知道，一句话好听难听主要取决于内容而不是取决于表述者的情绪。一个人干吗在对自己有利的事情上感情用事使性子？

拜 Vivian 所赐，我跟付教授从认识到交往基本一帆风顺。

虽然没什么可圈可点的激情，但他为人温和，对我还算大方，自己一个人在北京，父母身体健康，在上海跟他姐姐姐夫住一起。他又是个大学老师，这是我能对父母和家族拿出手的体面的职业。总之这样的一个大龄单身男青年绝对是综合指数不低的结婚对象。

我对付教授没有其他不满，除了他有简博士这么个朋友。

简博士跟付教授是死党，这两个人，道德水准、教育程度、审美趣味都完全不同，他们是怎么成的死党，我看不懂。我更看不懂的是，付教授为什么对简博士言听计从，且不论什么后果都无怨无悔。

有一次简博士声称自己的车在检修，要借付教授的车开两天。

事后证明简博士只是为了向一个正在征服期的女性显示他有不止一辆私家车，而刚巧付教授不久前才买了新车。

作为一个自带爱惜物件天性的南方男性，付教授是那种平常连电脑键盘的每个缝隙都要擦拭干净的精细人，对刚买的座驾当然爱惜有加。

所以当我听他二话不说就把车借给简博士的时候，就知道他俩的关系不一般。

简博士把车还回来的时候直接开到了付教授住所楼下的车库。

当时是学校放暑假，我跟付教授正在清迈度假。

回国后，我们又去上海和重庆分别见了两边的家人。

我父母对付教授印象不错，留我们在重庆多住了一周，等差不多快开学的时候，我们才回到北京。

这一去，距离简博士还车一个多月的样子。

当天晚上付教授带着我到车库准备开车送我去我自己的住处取换洗衣服的时候，我见识了我有限的人生中最恶心的一幕：付教授那辆才买了不久的新车附近到处是我叫不出名字的爬虫。

那些爬虫密密麻麻疾速爬窜的情形特别像早年间的一部电影《木乃伊》里用特效做的"万虫攒动"的画面。

我大叫一声，转身跑进楼道，差点把前一天在重庆吃的火锅连汤底一起吐出来。

付教授倒是表现镇定，站在原地打了几个电话找专业人员来驱虫。

结果他找来的那个团队一共七个人用了几个小时，才总算把虫子清干净。

经专业人士推论，这场虫灾的诱因是简博士路上轧死了一只老鼠，那只老鼠的尸体被碾平并镶嵌在轮胎上，以自己的血肉之躯吸引了夏天的各种需要养分生长的虫子。

如果说这不算刺激的话，更"刺激"的是付教授的反应。

他不但没有生气，还替简博士开脱：

"老简这个人就是这样，大大咧咧的，前年他去上海，我自己有个小单元，在一层，还带个天井，反正闲置着，就借他住了一个月。他临走垃圾没丢，里面大概是有一些水果核、鸡骨头什么的。刚好上海又是梅雨季，梅雨季嘛，你知道的呀，那很潮湿的嘛，也是等到暑假，我回去，开门一看，哎哟哟，从屋顶到地板，黑压压一片都是小飞虫，也是搞了好几天。"

付教授在描述这些的时候，不仅听不出任何愤怒，反而像在重温着什么"生命中的不可思议"，语气里竟然有些微令人匪夷所思的"回味感"。

"所以嘛，我一点都不意外，他这个人就是这样的，不拘小节，也不把我当外人。那个，历史上有很多他这样的人，杨修就是，对吧，把曹操的点心吃了，还说人家曹孟德写的'一合酥'意思就是'一人一口酥'，你听得懂吧？呵呵，有才的人就是容易这样，对吧，恃才放旷的。"

我跟 Vivian 转述了这件事，她第一反应是问我："你们俩，睡过了吗？"

我讶异："啊？这，这还用问吗？"又追问，"你问这个干什么？"

"我先要判断付教授是不是同性恋啊。"

"哦，那我敢肯定他不是。再说，简博士那么色！"

"这你就不懂了，越色的人，才越有可能什么都想试试。"

"你快别恶心我了。就我们家老付那么保守的人，绝对不可能！"

Vivian 又沉吟了半天也没想出别的原因，最后悲愤地喟叹："我就奇了怪了，为什么传说中的肝胆相照总是发生在男人之间！"

眼看连见多识广的 Vivian 都无法解释，我只能劝自己尽量接受。

往好处想，付教授这种做人风格，起码算是处乱不惊。

然而又过了一阵，他过分的"处乱不惊"最终还是导致了我们分手。

那次是我跟付教授请各自最亲近的朋友聚餐，目的是让未来的伴郎伴娘互相认识一下。

简博士和 Vivian 在那个饭局上头一次见面。

当晚 Vivian 就给我截图转发了简博士发给她的微信。

微信内容是简博士赞扬 Vivian 如何聪明如何美貌如何与众不同，以及他才是真正懂她的人。

我正饶有兴味地看 Vivian 的转发内容，忽然收到一个加好友的邀请，我一看，是简博士，没多想就通过了。

那之前，我虽然见过他几次，但并没有加微信，也似乎没有加的必要。

那天我说为了以后更方便讨论我跟付教授的婚礼，就让所有在场的人以

"面对面"形式建了群。

接下来就发生了最精彩的部分。

简博士也给我发了一条一模一样的微信，只是赞扬 Vivian 的"聪明"在我这儿变成了"温柔"。然后把写给 Vivian 的那句他才是真正懂她的人改成了"老付是个好人，但他不懂你"。

我一看，大惊，立刻也截图发给 Vivian。

"×，丫真把自己当万人迷了！"Vivian 立刻打来电话，愤怒地说了脏话。

"你说我跟我们家教授说吗？"我征求 Vivian 的意见。

"当然啦！这种人渣，必须让付老师认清并远离啊！你说说啊殷晓晓，幸亏你还算是个老实人，你要再'绿茶'点，那早晚不得给付老师戴绿帽子啊！"

然而，我和 Vivian 似乎都对男性世界不够了解，让我们意外的是，付教授并没有太大的情绪波动。

他看了看两段微信内容，一只手搭在脑门上想了想，抬头反问我："你确定这是他发的？"

问完没等我回答，就把手机还给我，略带责怪地说："你们女孩子就是这样，什么小事情都要互相讲一讲，这种事情也要讲，有什么好讲的？又不好看啦！有句话不是说，'看破不说破'嘛，所有知道的都讲，那，那不成了搬弄是非了吗。"

"付申辉，你脑子是不是有毛病哇！"

我一生气，不仅连名带姓地叫了付教授的全名，还传染了他平时的语调。

付教授赶紧堆出一脸笑，说了大量好话平息我的怒气。

自那以后，他没再让我跟简博士见过面。

虽然付教授表面上对我唯唯诺诺，但他们俩实际上并没有疏远。

就在我们婚期临近的时候，付教授忽然跟我说他要拿他北京的房产给别人做什么抵押。

在我再三逼问之下，付教授终于承认我猜得没错，他的确是帮简博士做抵押。

"付申辉你听好，我已经忍很久了，你今天就要做个选择，是选有房子有老婆，还是选有个回回坑害你的损友！"

不管付教授接下来又对我说了多少好听的话，他依旧义无反顾地把房产给简博士做了抵押。

就这样，我跟付申辉教授在婚期将近时分了手。

讽刺的是，据我所知，付教授跟简博士的友谊长存，至今都没有"分手"。这倒也成了一个"安慰剂"，每当我跟郑恳的婚姻出现问题、我默默在心里搬出付教授做对比时，"简博士"都是关键元素，回回把我阻拦在"后悔"之外。

这期间我听 Vivian 说，付教授结了婚，太太也是上海人，跟我一样，也是婚后就不再工作当专职家庭主妇。

郑则有两岁的时候，又听 Vivian 说付教授他们生了个女儿，女儿出生不久就被他太太带着搬回上海住了，说是北京不宜居，付教授独自在北京教书养家。

付教授跟我也不算完全没联系，每年到春节、中秋这些特别需要显示文采的时候，他都会给我发他原创的诗词。

虽然内容是群发，但起码说明他想起过我。

这样的人，在我看来，既有婚前的感情基础，又没有旧情复燃谁得为谁离婚的后顾之忧，综合看来，真是出轨的最佳人选。我之所以把他放在最后一个，也正是看在我跟他那个不同于其他两个候选人的"感情基础"。对我而言，真到了要选付教授出轨的地步，就真的是举手无回。

我跟付教授见了面。

他略微有点"中年发福"，但不油腻，那些随年龄增长而增长的脂肪让他看起来更像个"教授"。

我们互相致以亲切的问候，他问了我先生和儿子，我的回问中没问他太太，只问了他女儿。

付教授会意，也只简单地回答说："挺好，她妈妈带着。"

当我们开始回顾过往时，付教授说了很多细节，我从那些回忆中闻出了"出轨有望"的味道。

一个男的如果还记得一段感情的诸多细节，并且他还主动提起，就表示旧情还在。

我趁势要了酒。

付教授喝了两杯之后貌似不经意地说了句："囡囡，把牙签递给我。"

"囡囡"是付教授对我的昵称，而且是在两人耳鬓厮磨时对我使用的昵称。两个彼此心领神会的成年人，借着没多少酒精的掩盖，语焉不详地达成了冲破道德束缚的默契。

谁知道，眼看出轨在即，简博士的名字不辱使命地及时出现了。

当时两人已酒足饭饱，付教授含含糊糊地说要"换个地方再聊聊"，我未置可否地笑着起身，在走向洗手间的时候，我还特地比平常更用力地扭了胯。

等我从洗手间补妆回来，发现付教授又要了两个菜打包。

我闲闲地问了句："明天没人给你做饭啊？"

付教授拎起打包盒，站起身，嘟囔了句："给老简带的。"

又说："他现在住我家。"

看我一脸讶异，他赶忙补充道："我们不去我家里，去个安静的地方。老简嘛，多饿一会儿不要紧的。呵呵。"

又压低嗓门对我说："我都安排好了。"

看我没有要走的意思，付教授持续用耳语的音量，向我解释了简博士住在他家的原因。

尽管他解释得有点笼统，我还是听明白了，简博士正处于某种花柳病引发的后遗症期间。

"完全没人管他，怪可怜的。"

付教授说。

我听完这句，看着手上拎着外卖的付教授，忍不住放声大笑。

笑完转身就走。

付教授不知所措地跟上了，我猛然回头转向他，以一个类似驯狗的语气，不容商量地吼道："回去！坐下！"

他就真的一脸不解地缓缓地坐了回去。

我忍不住又笑了起来，然后大步离开，胯比刚才扭的幅度更大了。

付教授没机会知道我在笑什么，因为我绝不会再跟他见面了。

就算是为了不再听到那个倒霉的简博士的任何消息，这个决定也值了。

独自回家的路上，我想起 Vivian 说的那个问题："为什么肝胆相照总是发生在男人之间。"

说实在的，我也不是太想知道答案。

就是这样，短短一周，在经历了两个真人会面和一个网上消息之后，我的出轨计划彻底宣告失败。

3. 丈夫出轨的秘密

话题再次回到我丈夫的出轨。

为什么我发现他出轨还能如此镇定？

因为，确切地说，不是我"发现"了我丈夫出轨，而是我"促成"了我丈夫的出轨。

我丈夫出轨的对象是他的合伙人。

呵呵，这听起来原本是一个多么俗套的故事。

但由于我，原本俗气的故事被赋予了一些新意。

我丈夫郑恳的合伙人叫李艺，四年前，郑恳代表他当时所在的公司去参加一档招聘类的节目，认识了代表另一家公司来参加节目的李艺，那个节目一个月录一回，半年之后，两个人就成了朋友。

后来不知道听了谁的怂恿，郑恳从工作的地方辞职，开始自己创业。

对他工作上的决定，我没什么意见，反正我也不懂。但我有意见的是他为什么非要跟李艺当合伙人。

我不是很喜欢李艺这个女人，总是一副自以为是的样子，在他们那个节目里，就她爱抢话，还一说话就一手叉腰、另一只手指指点点，活像一个动态茶壶。

不知道郑恳看上她哪一点了，把"创业"这么重要的决定，跟一个活体茶壶捆绑在一起。

更让我受不了的是，他们的公司叫"正艺联盟"。

我跟郑恳都没什么把我们俩的名字放一起的产物，包括我儿子郑则有。

起初当我表达对李艺的反感时，郑恳还会耐心地糊弄我，说什么"你不用喜欢她，你只要喜欢她帮你挣的钱就好"。

等我说得多了，郑恳干脆就明目张胆地维护起李艺来了："你对她有什么了解就这么说人家？如果你能了解了解她的优秀，你就知道她为什么敢那么骄傲了。"

再往后，郑恳工作上有什么大小事儿发生，都是先跟李艺说，其后才会跟我说。

甚至跟李艺说的不见得都会跟我说。

对此郑恳的借口是："就算我跟你说，你也听不懂，我还得从头到尾跟你解释一遍，我这在外面就够累的，回家还不能消停会儿？"

我不是反对郑恳消停，但任何他在家"消停"的时候，只要李艺找他，他都随时随地满血复活，就像换了电池的绒毛兔子一样，精神抖擞，能聊多久聊多久。

我不相信男女之间有什么真正的友谊。

随着我对这两个人疑心的加剧，不知道是什么心理作祟，我决定做做测试。

那天，郑恳晚上回来的时候醉醺醺的，还没跟我说两个完整的句子就睡着了。

当时郑则有也被阿姨哄睡着了。

我独自在客厅里，看了看郑恳丢在沙发上的手机，构思再三之后，我用郑恳的微信给李艺发了一个："你干吗呢？"

李艺很快就回复了一个陈述和一个疑问："我刚到家。你到了吧？"

我就继续回道："我也到了。"

如果到此为止，我也就不会再节外生枝了。

哪儿知道李艺的微信又来了句："你今天的表现太棒了！"

我顿时心生疑惑，问了句："你喜欢？"

李艺："我哪里是喜欢，是大写的服！重要的是今天在场的人都被你征服了！"

原来不是孤男寡女，我松了口气。

接下来的对话，我原本是有点娱乐心理。

我："其他人我都无所谓，你满意就好。"

"太满意了！这个项目咱们拿定了！"

"你怎么谢我？"

"把办公室里你不喜欢的那些肉肉植物都搬走！哈哈！"

"就这样啊？你能对我好点吗？"

"我对你还不好啊！"

我从这种程度的对话里测试不出什么，因此一不做二不休，发了个："你想我吗？"

这回李艺没有马上回复，隔了几分钟，微信回了个："你喝醉了，赶紧睡吧，明天还要跟渠道的人接着斗呢。"

看到这句，我放心了。

我把以上那些对话从郑恳的手机里删除，又看了两集韩剧才安然睡去。

以郑恳后来的表现，我确定他没有发现这个插曲。

还是那个我说不清的心理作祟，同样的行为，我又隔两周一回地重复了三次。

也就是说，我一共用郑恳的手机试探过李艺四次，每次都是我说了暧昧的话，而她以严肃的语气终结。

在四次都得到同样的结果之后，我放松了警惕。

哪知郑恳还是出轨了李艺。

其实我在掌握确凿证据的第一时间就去找了李艺。

当时适逢郑恳出差，我自己内心反复写了剧本，抱着郑则有去了他们公司。

那天我经过精心装扮，给自己和郑则有穿了那一季我们娘儿俩最贵的衣服，按自己的剧本，以老板娘的姿态出现在"正艺联盟"。

我跟李艺对峙的地方是他们的会议室。

李艺进来之后坐在我对面。

我调整了一下我自己和郑则有的坐姿，以"收复主权"的气势对李艺说：

"我什么都知道。"

李艺看着我，没有任何破坏别人家庭的羞愧，脸上带着她一贯的自以为是，对我说了句："我也知道，那些微信是你发的。"
我准备的台词中没有跟这句有关的，一时脑海中出现短暂的空白，只有几十个问号排队飘过。

李艺看我没接上话，得意地笑了笑，缓缓站起身，靠在她身后的窗台上，摆出她经典的茶壶姿态，一手又叉着腰对我说："有意思吧殷晓晓。"
又用重复刚才的话作为开头，说了以下这段："我知道那些消息是你发的——不是在第一次的时候就知道。说实话，在你给我发那些消息之前，郑恳对我来说，就是个'战友'，我们合作的唯一理由就是取长补短能把各自的利益最大化。从认识到成为合伙人，这些年我都没怎么意识到他的性别，直到你给我发那些消息。什么问我想他吗？隔几天又跟我说什么梦见我了，刚开始我只是怀疑他喝多了胡说，直到有一天收到一句什么'最幸福的事儿就是一抬头就能看到你'，我忽然就明白了！你知道吗殷晓晓，郑恳跟我的办公室并排，且中间隔了茶水间和储藏室，任凭他怎么'抬头'，也不可能看见我。你个有心计没头脑的蠢女人！"

李艺说完这句我下意识地看了一眼郑则有，内心急速飘过一部纪录片，说幼儿在一岁的时候就已经能听懂成人的大部分对话。郑则有已经快五岁了，都能复述他看过的动画片了。
为了不给郑则有制造他亲妈是"蠢女人"的幼年记忆，我摆了摆想象中

"正宫"应有的表情，强撑出义正词严的语调说："你别想否认，我有确凿证据！"

李艺没有被我提出的证据震慑到，继续带着她的轻蔑说："我没有否认，但请你注意一下顺序，殷女士。是你先给我发的那些消息，让我意识到郑恳不仅是个合伙人，而且是个男的，甚至还是个挺不错的男的。你才是撮合我跟你丈夫的那个人，虽然后来我意识到最开始那些消息不是他发的，但是晚了，我对你丈夫的兴趣已经被你激活了。像你这么贤良淑德的人，要放在古代，起码有人给你捐钱搞个三米高的木头牌楼让全村人仰视你！"

"你！"

"我？我怎么了？"

"你无耻！"

"我无耻？我不知道你是怎么理解'无耻'这个词的，如果我把你发给我的那些挑逗性的消息让郑恳看看，你猜他会认为谁更'无耻'？"

就在我脑袋里只有问号继续飘过的时候，郑则有及时哭了起来。

我的思维被郑则有的哭声激活，丢下几句："你再能说，再能干，你也是在给我和我儿子挣钱！你有什么了不起的！"

"哦，是吗？"

李艺没让我的话成为结束语。

她说了几句更狠的："那么你认为你这种好吃懒做还无事生非的情况还能维持多久呢？别拿生育说事儿了，在动物界那叫交配，连德行都算不上。你最好想想就你现在在家干的这些，有哪一件是小阿姨不能代替的。更何况小阿姨可不敢随便拿男主人的手机发勾引别人的消息！"

看到了吧，这就是我一定要出轨的原因。

我生气啊！

重点是这么让我生气的事儿，我还不能跟任何人说。

我真是经历了人生的最低谷。

眼看老公跟合伙人搞外遇，小三还如此猖狂，我又有把柄在她手里。

自己呢，下定决心的出轨计划，还碰上三个不争气的家伙。

就在我如此一筹莫展的时候，郑恳跟我说他们公司要团建，要去苏梅岛
一周。

"你就别去了，都不带家属，就我带，不合适。"郑恳说。

我心里暗想："什么团建，不就是合理化通奸吗？"

一边使劲按捺住怒火，一边思考着怎么能不让他们顺利得逞。

"下周小孙请假，我要回重庆陪我爸做个小手术。你又要去玩儿，郑则有
怎么办？"

"我那不是玩儿，是团建！团建也是工作的一部分。"

"你怎么都不问问我爸怎么样了？"

"你容我问了吗？我这不刚说了一句话你就又是指责吗？"

"我这就指责啦？你也太脆弱了！这么脆弱还创业，可真是难为你了。"

"行了行了，说这么多干吗？郑则有我带。不就带儿子吗？多大点事
儿啊！"

虽然吵了几句，但达成了我希望的效果。

就算他们非要通奸，也得让我儿子占领一部分时段。

人啊，凡事要看积极的那一面。

郑恳从苏梅岛回来之后，用了两周时间给郑则有筹备五岁生日派对。

到了郑则有生日当天，郑恳当着所有我们请来的亲朋好友的面儿宣布，他准备回以前的公司工作了。

"Title（头衔）跟以前不一样，我现在是 VP（副总裁）。"

我竟然对此完全不知情。

"我呢，也不算创业失败哈，只不过大环境跟前两年的确是不太一样，这种时候，适合在更大的平台继续学习，积累经验。以后怎么样，开放心态，反正我这个年纪，机会大把，nothing is impossible（没有什么不可能），对吧，郑则有？"

郑恳在说到结尾的时候举起郑则有，脸上洋溢着父爱的笑容。

这真是一个令我意外的结果。

那天送走客人之后，我倒了一杯酒坐在那儿看似闲闲地问郑恳："那，你那个合伙人呢？"

"李艺？嗯，她还留在'正艺联盟'，她爱创业就继续创呗。"

"哦。"我按捺着喜悦继续问,"你不是说她特能干吗,这么快不合作啦,不可惜吗?"

"也没什么可惜的。"

"哦?"我以一个好奇的腔调追问。

郑恳开始没理我,我坐过去,殷勤地拿起他的一只脚放在我腿上,帮他按摩脚底。

放松警惕的郑恳回到聊天状态。

"你知道吗晓晓,女人,我最不喜欢的有两种。"

"Vivian 和娄小凡。"我笑说。

"我没跟你开玩笑。"郑恳说。

"你说,哪两种?"我问。

"我最不喜欢的女人,一种是不喜欢老人的,一种是不喜欢孩子的。谁知道,李艺两样全占了。"

"是吗?"我激动得简直要心跳加速了,"怎么忽然发现的?"

"就那次去苏梅岛团建,我有几个员工带了父母,李艺,啧啧,对人家那几个老人各种嫌弃,那态度,简直了。还有就是她对郑则有,唉,我都懒得说了。我心想,如果她对我儿子都是那种态度,那可见她的内心了。呵呵,你说说,我们一个做儿童消费的平台,创始人自己都不喜欢孩子,有什么说服力?怎么可能做得好?"

我本来想问:"不是说团建不能带家属吗?"

忍住没问。

女人就是要明白"见好就收"的道理。

"是吗,这可真看不出来。唉。"我假装一声叹息。

"你打听她干什么，你又不喜欢她。"郑恳问。

"不喜欢才跟你打听，喜欢的我就直接问本人了。"我回答。

然后我们各自喝完杯中酒，结束了那个愉快的晚上。

也不算完全结束。

我趁郑恳睡着之后，拿他的手机给李艺发了个消息。

"你想我吗？"我问。

"恶心！"她回。

"哈哈哈哈。"我发出了由衷的笑声。

"别得意太早，看谁笑到最后。"李艺回答。

这次她没能激怒我。

我并不在意什么"谁笑到最后"，至少此时此刻，我左边的房间睡着我的丈夫，我右边的房间里睡着我的儿子，我是这个家里唯一合法的女主人，而李艺只是一个在电话另一边咬牙切齿的帮我们家挣过钱并且给我丈夫提供过性服务的女人。

想到这儿，我满意地长叹了一口气，给李艺发了一张当天晚上我和郑恳抱着郑则的照片，然后删除了我们的对话，把郑恳的手机放回沙发上。

又过了几天，我正坐在我们小区的咖啡店，一边喝咖啡，一边看着阿姨带郑则有晒太阳。

忽然一个人走到我面前挡住了我面前的阳光也挡住了我的视线。我一抬头，看清那人竟然是李艺。

"明天这个时间，你把郑恳的私章带到这儿来。"她音量不大，但是命令的语气。

"我干吗理你啊？"我白了她一眼。

"是啊，你干吗理我呢？"李艺把她的手机举在我面前，屏幕上显示着我用郑恳的手机给她发的消息。

第二天同一时间，我带着郑恳的私章，在李艺带来的合同上盖了章。

盖完章李艺就走了，带着她始终如一的自以为是。

她不知道的是，我放在桌子上的化妆包里有一部备用手机，录下了我跟她最后的对话。

在那段对话中，李艺以挑衅的语气承认了是她骗取了私章。

我也不知道录它干吗。

先录了再说。

毕竟，这个世界上，如果连夫妻或合伙人之间都存在那么多不为人知的秘密，多做准备，总好过束手就擒。

郑恳没跟我说过他跟李艺分家的具体情况，反正他说了我也听不懂。

经过这么一番周折，我决定听 Vivian 的劝，给自己找点事儿干。

经 Vivian 鼓励，我决定尝试当个"网剧编剧"。

Vivian 说了，"好多韩剧都是家庭主妇写的"。

我一想也是，就我看过的那些狗血剧情，也不比我平常在"妈妈群"里听到的更曲折。再说了，实在写不下去的时候，反正角色还可以得癌症或者是遭遇车祸。

两个月之后，我还真写完了我的第一个故事大纲，其实就是我自己的故事。大概讲的是"一个家庭主妇因盲目试探导致自己丈夫出轨，而她为自己设计的出轨行为均未遂"。

那天，我心情忐忑地约 Vivian 在我家楼下咖啡店，让她帮我看看。

Vivian 坐在我对面，用了十几分钟看完我的大纲，抬头看了我一眼说："这个吧，怎么说呢，虽然有些网剧的确追求曲折，但也不能太离谱。呵呵，再说了，这三观也太不正了。观众都需要支持正房，鄙视小三，你这个故事，正房不仅成就了小三，正房自己还想给别人当小三。啧啧，这要真拍成剧，以后做话题都不好做，你让观众骂谁呢？要说你这个人的三观啊殷晓晓，真是成问题。编和瞎编还是有本质区别的啊。要不算了，我看你还是学烘焙吧。"

我什么都没说，心想，自己没经历过的就认定是瞎编，对生活如此无知还成天到处教育别人。

等 Vivian 走后，我想了想她的批评，扪心自问：究竟我的三观是什么呢？

我也不知道。

或是说，我应该建立什么样的三观呢？

像郑天虹那么有钱，然而代价是憋成抑郁症，我可不愿意。

这人要是到后来都那么有钱了，还不快乐，那大概就真的不会快乐了吧。

像 Vivian 那么进取，但一把年纪孤身一人，我也不愿意。

就算我从来也不确定我的丈夫郑恳到底有多爱我，就算从三年前开始我俩就基本上默默进入无性婚姻，但我起码还可以在朋友圈继续当相夫教子的楷模。

娄小凡这样的我比不了，长相还能靠整容改造，父母那是真无法选择。

我只能寄希望于郑恳能更发达，好让我的儿子尽早扬眉吐气。

至于李艺，不知道为什么，我忽然就不烦她了。

某种意义上说，她也算是个"受害者"，没经得住我的诱惑，爱上了我的丈夫。

结果倒好，不仅爱情无法长久，合作也被迫中断，还是个不欢而散。

至于她不喜欢老人也不喜欢孩子，那不就是个人好恶吗，也不能因此就被孤立啊。

思前想后，横竖一比，我忽然对生活生出了一丝感激之心，像我这样的女人，过着这样的生活，也基本应该无怨无悔了。

我想明白了，如果硬要说出一个三观，我的三观就是认清真相，感恩生活。

就这样，我丈夫的出轨事件正式落下帷幕。

不知道为什么，我心头竟然有一丝难以理解的落寞。

远处，五岁的郑则有正跟邻居的孩子们追跑打闹，我拿起手机拍了一张他模糊的小背影，发了个朋友圈，配了句"因为你，我学会了感谢生活"。

只有我自己明白，这句里的"你"，不是指我儿子郑则有。

浏览别人朋友圈的时候看见有人转发了哪个女作家说的一句话：

"沸腾在表面上的，永远都不是真相。"

可不是嘛。

我以不一样的心得给这句话点了个赞。

明星生活

一个人不论爱着谁或爱过谁，始终最爱的还是自己。

和每次演唱会一样，返场的最后一首歌，小艾演唱了她的成名曲——《爱在天长地久时》。

也和每次演唱会一样，现场再次上演了万人大合唱的盛况。

现场很多人泪眼婆娑地挥舞着荧光棒，小艾在副歌起了个头之后就将麦克风朝向观众，乐队的键盘等一众乐手为衬托情绪停止了演奏，只有鼓手在一拍强似一拍地引领着节奏，群情如期地高涨把气氛推向这一晚的最高点。

虽然，客观地说，小艾唱得多少有点荒腔走板。

然而，事情往往是这样：一个人荒腔走板很容易被发现，一群人的荒腔走板反而因为具有了"革命性"而被忽略了"腔调"本身的重要性，所谓"乌合之众"。

小艾跟台下的人群一起和着节拍挥舞起手臂，一切看起来都在她的掌控之中。

群情鼎沸，空气中肆意飞舞着被用文艺涂抹过的荷尔蒙。

再一次，小艾被"神化"在一双双从四面八方望向她的泪眼中。

人们透过泪眼仰望着她，带着宗教般的神圣感，仿佛小艾身上肩负着重大的希望，那是人们对自己、对爱情和对未来的希望。

这些经常被议论的希望，是人类的镜花水月，从来都存在于一种看得见摸不着的幻影中。

因而那些身体力行证实这些希望之存在的个别人就成了被朝拜的对象。

小艾的经历，听起来也的确应当受到朝拜。

至少，表面上看，她经历过的都是大部分世俗女性毕生向往的：她拥有过刻骨铭心的爱情，她大学刚毕业就取得了事业上的成就，属于张爱玲说的那种"出名要趁早"。

她的成名曲《爱在天长地久时》保持着卡拉 OK 点播率前 100 名长达十年之久，且她凭借这一首歌在这些年中从一线城市到八线城市演出了近千场，这些演出带来的收入让小艾一直有钱有得恰到好处——作为一个走"文艺路线"的人，"富"是蛇足，不可或缺，但要适度隐藏。

小艾就这样凭一首歌当了十来年的"偶像"。

如果说这些还不足以令人咋舌，那么，小艾在三十岁之后的另一个十年，又凭借几个事件，让她从"偶像"质变成"女英雄"，并最终成了可以独立门派的"教母"。

最先让小艾从"过气歌手"重新回到公众视线的事件，是她在三十五岁那年，和一位当红小生高调恋爱，且很快结婚了。

这一壮举有效地回击了人民对"高龄女性"的歧视，也满足了共情的需要，毕竟，不管结不结婚，恋没恋爱，三十几岁还真能感到幸福的女性是世界上的少数。

不知道为什么，人们，尤其是女人，对幸福和快乐的把握能力总是远远低于忧伤和烦恼，仿佛不幸福的根源，是她们从根本上不是真的相信幸福的存在。

因此，小艾的境遇和选择，就像是给那些将信将疑的信徒展示的"神迹"，不仅具有抚慰功能，且值得被口口相传。

这桩婚事的曝光，让当天近千万三十岁左右的女性再次宣称"相信爱情"，小艾因此像个凯旋的战士，高调回到公众视野。

之后，她趁着战绩一鼓作气，跟她那位正当红的丈夫以"姐弟恋典范"之姿频繁参加各种商业活动，年届四十的她迎来人生的又一个高峰，快速名利双收。

虽然，两年后这桩婚姻以失败告终，但小艾并没有就此沉沦销声匿迹。

小艾伉俪对那段婚姻处理得相当得体，他们在宣布离婚之后于公众面前是有教养的"前妻"和"前夫"，从未公开对对方恶言相向。

小艾在被采访时泪光闪闪说出那句"对我们的曾经，唯有遗憾，对他的未来，全是祝福”的画面被做成动图广泛传播。

这样的一位女性，当然应当受到大众的拥戴。

小艾没有辜负这份拥戴，她再接再厉，没过太久又以另一壮举，彻底把自己推向神坛。

这一回合，关于她的新闻标题是“过气歌手高调再嫁，昔日初恋变身霸道总裁”。

没错，小艾以年过四十的离异身份再嫁，还是嫁给了她的初恋——那位曾被她在演唱会上反复缅怀过上千次的初恋。

这个人，不仅是她代表作的曲中原型，也是成就她个人人设的关键男主角。

更刺激公众肾上腺素的是，小艾的这桩婚姻，看起来并没有任何委屈和妥协。

她的初恋不论用什么标准衡量，都算“成功人士”。

要紧的是，这位成功人士对小艾出手阔绰。在这两个人宣布婚期之后，小艾的微博除了延续之前的文艺、励志和感恩的内容之外，又多了几分珠光宝气的富贵相。但那些富贵是得体的，注意分寸的，内容既没有侵害其他小动物的肉身，也没有冒犯别人的感受。

小艾对“炫耀”有种天分，她能把它拿捏在令人羡慕但不至于沦为嫉妒的尺度中。

她宣传环保、关注小动物、宣布自己吃素，被偷拍的照片中，她要么背着一样乐器，要么是在看书。

有这些元素的加持，她锦衣玉食的生活平白多了些内涵，活体演绎了所谓"低调的奢华"。

那些羡慕她的女性只是沉浸于向往自己能"成为她"，而没有太多的恶意指向"消灭她"。

羡慕和嫉妒之间最大的差别是有没有匹配的"佩服"。

是的，人民——尤其女性人民——对小艾有足够的"佩服"：她这二十年，每个波折都能转化成一段励志的佳话，每一次低谷都紧跟着一个意想不到的金光闪闪的反转。

她走的每一步，放在任何一个女人的人生中，都可以被冠以"梦寐以求"这个成语。

小艾深知她自己的功能和义务，因此在宣告每一次获得时都不像对待一件私事，而更像站在某个集体的立场，她的选择是代表"同类"的选择，饱含着撩拨式的鼓励，让很多女性都产生了"我也可以"的幻觉，因而她们更加支持她，支持她的成功，支持她的富贵，好像在内心深处，支持小艾等于支持了她们自己。

故事的"大结局"是小艾在接受初恋男友的求婚半年之后完成了她的自传体散文集《勇敢爱的人更容易被爱——艾的箴言》。

在书的结尾，她宣布接下来的生活重点就是努力成为一个好"母亲"，冒着高龄的风险为她爱了二十年的男人生一个他们的孩子，因为那是对"真爱最好的延续"。

这无疑把小艾的励志故事推向共情的喜马拉雅。

她成了一个值得被长久参拜的"教母"。

这个世界上被参拜的人多半是因为他们实现了人们自己想实现但不曾实现，或不相信自己能实现的那些愿望。

有两种人特别容易受到参拜，一种是天赋异禀遥不可及的，一种是资质平平宛若邻家的。

小艾显然是后者。

的确，不论以什么标准，小艾各方面的指标都是"平平"：声线平平，才华平平，资质平平，容貌平平，五官平平，胸部平平。

她很像出现在诸多国外公益片中的"亚洲人"，长着一张没有任何突出特点的脸，然而，那张脸又奇怪地兼具了一种既可以对她视而不见又总是对她过目不忘的典型性。

小艾的人生也像她的容颜一样，以平平之姿攻克了每一段人生的制高点，用坊间的话说，叫作"踩对了点儿"。

当然了，这些都只是人们看到的表面。

那么，小艾真实的人生究竟又是怎样的？其实在她的成名曲中，早就用歌词宣布了答案，"在被喧闹的世事蒙蔽的心房里，有一个我只对自己真实的最终和最初"。

然而，究竟什么才算"真实"？

以及，谁又需要"真实"？

作为幻象制造者的小艾从来也没有过答案。

1

小艾最初的成名，并不是她自己处心积虑的结果。

很多在事业上取得成功的女性都有一颗破碎的心和不止一段情感受伤的经历。

小艾也不是例外。

在"最初"之前，小艾还是一个对一切都懵懂无知的少女，她对未来没有任何清晰的期待，或是说，她还没有能力对未来有清晰的期待。

舆论常常会批评那些目的性强的、"有企图"的女性，好像"现实"是个缺点。

其实，如果"现实"并没有建立在给他人造成伤害或损失的前提下，"现实"可能是一种能力，至少更容易跟他人建立"供需关系"的秩序。

相比之下，"没目的"的女性则更有可能带来混乱。

青春时期的小艾挺爱制造混乱的，她既不现实也没什么目的，大部分时候都是凭感觉做选择，因为没什么企图心，所以她的做事动机大多是未经加工的本能，这种本能中最核心的就是"动物性"，用被人类美化过的词语，那叫作"爱情"。

连自己都看不懂的女孩儿又怎么可能看得懂爱情?

所以,小艾真正的初恋也乏善可陈。

那是个没有什么突出特点的男孩子,他和小艾是大学同学,不同级也不同系。有一年学校搞了个全校各班级都参加的文艺活动,小艾和这个男孩儿被分在了一个节目,节目演完,两个人就谈起了恋爱。

那男孩儿叫霍许,起这么个名字因为爸爸姓霍妈妈姓许。

这名字的谐音多多少少对他的命运造成了一点影响,霍许的容貌和性格都跟他的名字很像——眉目模糊个性温和,站进超过十人的人群就难以辨认,对一切都无可无不可的。

霍许跟小艾成为小情侣也是被动的。

从他们认识到分手,不论小艾说什么,霍许都是似笑非笑地说"行啊"。

是小艾安排节目怎么排演,霍许负责说"行啊"。

是小艾主动提问:"那,咱俩好吧?"

霍许回答了个"行啊"。

等开始交往半学期之后,又是小艾试探地问了问:"要不我周末去你家住?"

霍许也就只说了个"行啊"。

霍许这么不愿意发表主见的个性肯定不是家族遗传。

霍许的姐姐霍元元就是一个对一切都持有强烈意见的人。

霍元元不喜欢小艾。

小艾也不喜欢霍元元。

两个年轻女性对"不喜欢"的态度也是出奇地一致,就是"毫不掩饰"。

这下好了。

小艾和霍许的这点似是而非的情感，总算找到了一个可以使劲的支点。

小艾开始跟霍元元争夺对霍许的拥有权和控制权。

由于霍元元的明确反对，小艾对霍许的感情猛然就轰轰烈烈起来。

霍许对此依旧是没有太多反应。

小艾让他跟她睡，他表示"行啊"。

霍元元让他别把这女的带家里来，他附议"行啊"。

小艾说："你姐又不是你妈，她凭什么管你？她就是自己没男朋友，所以看别人高兴她就难受！"

霍许想了想，说："哦？"

霍元元说："那女孩儿心术不正！你以为她看上的是你？我告诉你霍许，你的问题就是你太单纯！被人卖了还给人数钱说的就是你！"

霍许又想了想，说："哦。"

然后他依然保持中立态度。

两个女的势均力敌，斗得难分胜负。

不久，霍元元搬出后援，向她和霍许的父母说了很多小艾的坏话，小部分是事实，大部分是捏造。

小艾则利用自身优势，玩儿命占有霍许的肉体，企图以生殖系统作为切入点，而后攻占心房，最终全方位占领霍许的思想。

小艾的战略逻辑上说得通，然而执行过程中出现了疏漏，一个不小心，她怀孕了。

事情总是这样，失败不见得是一个人没有弥补自己的短板，失败经常因为一个人对自己的强项使用过度。

那是小艾首次怀孕，她慌了。

霍许除了没主见，还没经验，那也是他首次导致一个女性怀孕，他比小艾还慌。

女的慌的时候爱到处说。

男的慌的时候爱到处躲。

结果，小艾怀孕的事很快被霍元元知道了，霍元元当然把握机会，赶紧把这个重大事件禀报给了霍家父母。

这下不得了了。

开始霍家父母还对霍元元游说他们参与对霍许的争夺战兴趣缺缺，然而事情一旦上升到"作风问题"，两位长辈自觉不能继续坐视不管。

跟霍元元单打独斗小艾还能应对，战况变成一对三她就完全不具备招架的实力了。

斗争的结果是霍妈妈带小艾去做了人流，不仅终结了一个刚萌发的生命，也终结了一段胡乱生长的关系。

那天手术后，小艾蜷缩在门口候诊的椅子上痛苦不堪，霍妈妈站在她面前，居高临下地把两百块现金和小艾的病历丢在椅子上，说让小艾买点红糖大枣补补，并补充说她这么做不是出于关心爱护，而是因为"这件事儿霍许也有一定责任"。

然后又威胁道："从今往后，你要是再敢跟霍许联系，这件事儿，我就立刻让你们学校领导知道。到时候，哼，开除、回原籍、身败名裂。就你这种小地方来的，考上个北京的大学多不容易，你被遣送回去你父母怎么跟邻居们交代？你想想吧。"

霍妈妈说完转身走了。

这世界上，大部分压迫女性的，总是另一些女性。

女性压迫女性的核心又常常是因为对男性的争夺。

作为这一场争夺的失败者，小艾在短时间内身心都受到了重创，铩羽而归。

她和霍许的事儿，原本到这儿也就正式完结了。

可是小艾不甘心。

很多人经历的灾难都滋生于自己没策略的"不甘心"。

小艾在身体康复的过程中，策划了一套她自以为能起到报复作用的行动方案。

想好方案以后，小艾就像启动了一套动力系统，她后来人生经历的所有特别果决的决定和特别悲壮的坚持都是因为要跟谁对抗或要报复谁，这种动力渐渐成了一个她的典型行为模式。

在小艾跟霍许交往的过程中，她听霍许说过，他最想接近的人，是学校里一个玩儿乐队的。

那个乐队叫"点三八"。

就在小艾和霍许成为学生恋人的那次校园活动上，"点三八"也参与了演出。

主唱在开唱前说，他们乐队的这个名字的来历是一个比较冷门的黑帮港剧《大提琴与点三八》，"点三八"是一个枪支的型号。

"综上所述，我们的乐队约等于'枪炮与玫瑰'。"这是主唱的解释。

该主唱说这些的时候嘴跟麦克风贴得特别近，他的每一句、每一停顿都大口而急促地呼吸，那不规则的呼吸声增加了这个名字的庄严感，虽然台下没几个人听说过那个港剧，更没几个人听明白主唱想表达的"言下之意"。

主唱说完之后开始了他们的演出。

说是"演出"，基本上就是带伴奏号叫。

等他副歌部分重复了十次"来吧，都叫我 baba"的时候，台下的教务处主任实在坐不住了，冲上台，企图中断演出。

开始还是文斗，教务处主任夺过麦克风质问主唱："你想当谁的爸爸？"

染了个浅黄色头发的主唱坚持说他唱的是"都叫我'八八'"。

"因为我们乐队叫'点三八'，所以我的艺名是'八八'，这你有什么想不明白的？"

教务主任一看对方竟敢还嘴，一时也没组织好有力的批评，只能强行去抢吉他。

"八八"当然不肯轻易就范。

结果是教务处主任和"八八"两个人在台上拽着一把吉他的两头僵持不下。

乐队其他成员没有参与吉他的争夺，而是即兴给争夺当伴奏。

本来台下大部分同学对这乐队的表演都兴趣缺缺，但教务处主任的加入燃起了众人的兴趣，大家开始跟着打击乐的节奏鼓掌，这场没结果的混战成了那次校园演出最被热议的话题。

"点三八"也忽然成了校园红人，热度持续了好几个学期。

教务处主任最终也没能把琴夺过来，还导致了民心朝着他期待的反方向迈进了一步，他很生气，发公告宣布这个乐队以后不得在校园内出现，并且勒令"八八"必须得把头发颜色恢复成黑色，否则"开除学籍"。

拿"学籍"说话产生了威慑力。

隔天傍晚，八八出现在学校食堂，他的一头浅黄色头发不见了，染成了黑色，剃了个板寸，但他在后脖颈子上文了两个数字"8"。

教务处主任无心恋战，对此选择了无视。

但八八就意外引起了很多男女同学的关注。

其中就有霍许。

在小艾的印象中，霍许只有在提到八八的时候比平常略微显激动。

有一次，他们两个人正在校园里走着，八八迎面而来，霍许原本只是跟小艾有一搭没一搭地牵着手，在他看到八八的那一刻，他的手忽然使劲攥紧了小艾的手。

从他们看到八八，到八八走过去一共也就几十秒，小艾清楚地感到霍许的手心快速冒出很多汗。

小艾很纳闷，她从来没有发现任何人对霍许会产生情绪上的影响，不管是学校老师、高班同学、大街上的警察、居委会大妈、态度恶劣的商贩，还是霍元元。

霍许碰见谁几乎都是同一副嘴脸，连他对待小艾的态度也没有超出过平均值。包括交往过程中小艾向他撒娇或发脾气，包括他们两人在霍许家霍许自己的小房间里偷欢，甚至包括他们两人在霍许家霍许自己的小房间里偷欢的时候霍元元忽然回来，霍许都没有特别紧张或扭捏过。

他没有因任何额外的人额外地出过汗，除了八八。

更夸张的是，霍许对八八的这种说不上来的紧张还不是偶发的。

小艾第一次发现霍许的异常是他们两人第一次在学校礼堂看"点三八"乐队在台上排练的时候。

霍许在"点三八"演奏到大概八小节的时候从座位上把他的右手挪向小艾，然后找到小艾的左手并主动握在一起。

那是他们自认识以来霍许第一次主动握小艾的手。

一开始小艾还误以为霍许只是需要一个类似"礼堂"这样的半隐蔽环境。但后来的事实证明礼堂里演别的不会刺激霍许对小艾有任何主动亲昵。

接着就是八八跟教务处主任在台上抢吉他那回，霍许又忍不住地把手伸过来牵小艾的手，且使用了一个平常从来没使用过的"十指相扣"的姿态，随着台上的较量越来越激烈，霍许的呼吸也越来越急促，全身越来越紧绷，手对小艾的手也握得更紧，在教务处主任终于放手跳下舞台结束了那场对垒时，霍许像经历了高潮一样喉咙里轻声发出一个想压制又压制不住的短短的"哦"，接着就突然放松身体向后仰过去。同时即刻放开小艾的手，像抓了什么不干净的东西一般还在裤子上擦了擦手上的汗。

小艾对那次的猜测是霍许没怎么现场见识过暴力。

但等到又发生了校园偶遇的那次，她就实在没办法不把霍许的突发性失常和那个八八联系在一起了。

小艾试着问过霍许缘故。

他回答得含糊其词。

小艾没深究，毕竟八八是个看起来与霍许八竿子打不着的男生，其特征不像能介入霍许的生活的。再说，以八八的外表，也不具备任何对异性或对同性的竞争力，这个八八，小眼睛尖下巴噘腮，外眼角向上吊着，眉毛则是两小坨，像唐代宫廷画中侍女的一样似是而非地游移在眼睛和额头之间，让人看上去也说不太清他是发际线太低还是内眼角太往下，加上鼻子细而长，很唐突地扎在上嘴唇中间，导致本来很薄的嘴唇被压成了拱形，好像不这样就接不住那根鼻子似的。

八八的身材和他的五官特征倒是相当统一：个头不高，两条胳膊莫名其妙地长，跟胳膊差不多一样长也差不多一样粗的两条腿明明是罗圈，然而八八还本着跟命运做斗争的精神常年爱穿紧身裤，不管远看近看，两个膝盖之间的距离简直都能再放两条同样直径的腿。

这样的一个人，如果不借着"玩儿乐队"来演反骨，在校园里即使能引起重视也只能是歧视。

小艾对乐队无感，她完全没想到，动画人物一样的八八，会跟她的人生有什么关系。

直到小艾被霍许的妈妈押解去做了人流，人流后又被霍许的妈妈禁止跟霍许见面，小艾在思考报复计划时，八八意外蹿入她的脑海，成了她用来完成报复的重要角色。

虽然小艾始终也没弄清楚霍许为什么对八八有出汗等生理反应。但由于八八是唯一引发过霍许不正常"反应"的人，在没有其他选择的情况下，小艾把八八当成了"武器"。

小艾不是那种止步于幻想的女生，她开始了行动。

只不过，三个月之后，小艾就又把她最初的目的给忘了。

她跟八八，怎么也没怎么。

八八仿佛只是一个帮她过渡人生的载体，因为八八的缘故，小艾迅速认识了一堆玩儿乐队的人。

那些人和八八有很多异曲同工之处：都有出处牵强的乐队名，都留着奇怪的发型，都有一到多处文身，都对自己容貌或身材的明显缺陷视而不见或不以为意。

当小艾意识到令霍许脸红心跳的八八在另外一个圈层里原来只是个入门级的小角色之后，她原本一心想报复霍许的打算随之释然了。

人不论处在什么困境，解决问题最有效的方法，是跳到另一个相对高的领域看问题。

小艾在这方面很有天分，不久她就忘却了跟霍许的那点情感纠葛和她的报复计划。她的人生，因霍许和八八，柳暗花明，开始了一个规划外的新篇章。

当然了，走出一个困境也不意味着从此无虞，小艾情绪高涨地跳出一个
烦恼，也并没有迎来什么更像样的人或更像样的爱情。

她只是误打误撞地进入了一个她不了解的人群，在那一群人里，小艾这
样的女孩儿被称作"果儿"，跟她交往，被称作"戏果儿"。

2

成年之后的小艾最不喜欢的电影是《如果·爱》。

那部电影让她回想到自己的青春初年。

那几年是那么不堪回首。

最不堪回首的部分不是穷，不是土，也不是苦。

最不堪回首的，是被轻视甚至被鄙视。

小艾在那一群人里是被鄙视的"果儿"，又由于跟那一群人的过从，让小
艾在学校也受到鄙视，她在两股鄙视中徘徊挣扎，企图用爱情的幻象安
抚自己破败的现实。

在那段时间里，小艾跟一个管自己叫"U3"的键盘手维持了一段时间相对
长的男女关系，有大概小半年的样子，U3都在人前把小艾称作"我女人"。

U3比霍许有主见，比八八健壮，另外，由于他除了上台撒野之外，还负

责他们乐队的作曲，这让他在他们那个江湖中小范围受到尊敬，像八八这个"阶级"的见了他都要称呼"3哥"，这些都给小艾幻想爱情提供了基本元素。

在认识 U3 之前，小艾没见过对"工作"投入到忘乎所以的男人。从小到大，她认识的成年男性对工作的态度都是"应付"，不是迫于生计压力就是迫于阶级压力。

那些男性只有在打麻将、下棋或站在街上观看别人的纠纷时才显露出"投入"。

没有哪个男的向小艾示范过废寝忘食于玩儿和无聊之外的事。

U3 很不一样，他对工作的专注，刷新了小艾对男人的审美。

在他们交往之初，U3 对作曲废寝忘食的态度让小艾深深着迷，她几乎可以为了那个画面原谅他给她造成的诸多尴尬或伤害。

然而 U3 并不是太在意小艾对他的着迷。

她只是他从经常跟他们混的几个女孩儿里即兴选择的一个。

作为一个年近三十、没稳定收入、没稳定工作、没稳定住处的男性，U3 在对其他生存需求的事儿上的主要要求就是"相对稳定"。

小艾虽然其貌不扬，但似乎没什么脾气也没太多废话，既没有太多需要被呵护的情绪，又尚未被启蒙对物质的欲望，相当符合 U3 "相对稳定"这一重要条件。

他选了她，作为一个无法跟他势均力敌的同居伙伴，小艾跟他一起吃一起睡，在不用有过多额外支出也不用太费心的前提下还能满足性欲，比养个宠物还划算，何乐而不为。

小艾哪儿有能力洞察出这些。

她一个没什么生活阅历的女学生，除了研究吃饭、化妆和考试作弊之外，剩下的精力基本放在了幻想爱情上。

出于本能，她把跟 U3 在一起的很多画面都美化成了爱情。

对于小艾一厢情愿的美化，只要没超出"稳定"的范畴，U3 也会尽量配合。

比方说 U3 会经常带小艾出去吃她喜欢的路边摊，演出挣了钱他也会给她零钱让她买点廉价的衣物或脂粉，天热的时候他会把电扇让给她，自己拿扇子扇，做爱的过程中只要小艾问他爱不爱她，他都毫不犹豫地嚷出好几个"爱"。

最初，小艾对这种不用自己花钱还能脱离学校的自由生活是兴奋的。至于性，尽管她并没有获得多少快感，但她享受过程中和另一个肉体之间的那种亲密关系和她要求到的"爱的回应"。

她忍不住美化那种亲密，这让她自己一个人就完成了一幅爱的画面。

U3 不同，毕竟他知道自己要什么，他没让小艾对爱的幻想影响到他对稳定的要求。

他们同居之后不久，U3 就借一个突发事件明确了他的规矩和界限。

U3 租的住处是一个不到三十平方米的地下室。

除了吃住，U3 平时工作也在这个地下室。

有一天夜里，小艾被窸窸窣窣的声音吵醒，她抬眼一看，U3 正坐在床尾，戴着耳机一边在键盘上扒拉一边对着电脑琢磨，他旁边的烟灰缸里堆满了烟蒂，在那堆烟蒂的顶端还有一根未熄灭的在完成它最后的燃烧。

小艾看着在青烟袅袅衬托下的 U3，心里涌起一股酸热感，好像五脏六腑忽然松了绑，自动组合成一个柔软的拥抱。

小艾被自己的感受感动了，她从被子里爬起来，缓缓爬近 U3，悄无声息地从他的背后抱住他。

正沉浸于创作的 U3 被小艾吓了一跳，他本能地快速站了起来，同时下意识地一回手，结果那一缸烟蒂被打翻在床铺上，与此同时耳机线带翻了桌上的一杯茶，茶水倒进键盘，U3 没站稳，往后一仰跌进床里，那根没燃尽的烟蒂正好扎在他背上。

U3 顾不得背上的烟蒂，赶紧爬起来抢救键盘，他对着键盘拍拍打打了二十分钟，之后绝望地长叹一声。小艾正要伸手去掸 U3 背上的烟灰，没想到 U3 猛地一回头，照小艾脸上打了一巴掌。

小艾被打蒙了，蜷缩在原地刚想哭，U3 一声："你他妈把老子键盘毁了你还哭！敢哭看我抽不死你！"

小艾赶紧住了嘴。

情侣之间的殴打就像急症，如果不趁发作时当机立断迅速遏制病毒，它就极有可能转化成慢性病。

小艾既没有遏制的手段也没有遏制的勇气。

她没有反抗，也没回学校，看着 U3 的脸色小心翼翼地过了两天。

那以后，U3 打小艾就成了他们之间的常态。

小艾也说不清她为什么没有勇气离开，离开 U3 也离开 U3 存在的那个江湖。

小艾在成名之后一度颇有些精神压力，去看了一个心理医生。

心理医生用专业解读告诉小艾，她对待伴侣只有两个极端：取悦，或报复。

小艾回忆了一下自己的情史，默默认可心理医生说得有道理。

她会在相处期间尽可能顺服，一旦顺服无法让这段关系顺利地进行下去，小艾就开始采取报复行为，至少是她自以为的报复。

青春时期缺乏生存技能的小艾也缺乏报复的技能，作为一个手无寸铁的大四女学生，在 U3 数次打她之后，她想出来的唯一能报复 U3 的，就是找 U3 看得上眼，同时对方也不介意蹚浑水的其他乐队成员发生性关系。

这当然没有令 U3 更重视她。小艾只是想要一种最基本的被尊重，但她为争取这份尊重做出的选择令她跟期许越来越远。

然而，可能真有命运的存在吧，就算是人生到了这种破败境地，不久后的一个事件，向小艾证明了"天无绝人之路"。

一天，小艾陪 U3 在一个录音棚工作。

录到一半，录音师和一位唱和声的女孩儿发生了争执，那女孩儿使性子，没录完就甩手走了。

U3 和录音师分头打了好几个电话，都没找到合适的人顶替，U3 就抱怨录音师说，你怎么就不能忍忍呢？

录音师反问，你告诉我你忍过哪个女的？

U3 被问住，走出录音棚点了根烟生闷气。

一时间一屋子人都没了主意，唱另两个声部的女孩儿问，还录不录啊，不录我们也走了啊。

录音师看了一眼在屋外的小艾，说，你，你过来试试。

U3 看录音师叫小艾，把烟头往门口的墙上一摁，不屑地道："哼，她要会干这个，我 U3 立马能当上百万富翁！"

那是 1995 年春夏交替之际，"百万"在那时候是个天文数字，尤其对居无定所、每场演出收入才几百元的 U3 来说。

U3 愤慨完，打了一个大哈欠，他嘴张得实在太大了，一阵狂风吹过，把门口飘散的杨柳絮卷了一团投进 U3 嘴里，U3 被呛得好一阵咳嗽。

等他咳完，听到小艾在录音棚里的和声，她顶替那个撂挑子的女生唱高声部。

U3 呆住了。

也许因为 U3 整个作曲过程小艾都在场，也许因为小艾小时候在家乡上学时合唱队的功底还在，也许因为的确有自然科学不能清晰解释的"前世"，总之，小艾好像天生就应该唱和声一样，没费太大力气就完成了那项工作。

那是一个不寻常的下午，除了小艾的人生从此发生了质变，在半年之后，U3 愤懑放出的狠话被实现，他还真成了百万富翁。

在那个年代，"百万富翁"不仅仅是指财富的数量，它更像一个形容词，指代某种不可思议的海市蜃楼。

这四个字出自一个当时的电影名，那部电影的女主角是红极一时的意大利明星索菲亚·罗拉，她的出现，刷新了全中国城市男性对女性的审美，并认识了"性感"这个词的存在。

少年时代的 U3 在无数次对着索菲亚·罗拉的海报手淫的时候，从来没想过，"百万富翁"这种事，会成为他日后亲历的现实。

很多时候人过得不开心，不见得是物质匮乏，而有可能是想象力匮乏。

U3 和小艾都是想象力匮乏的人，所以他们都过得相当不开心。

然而，他们有"命"，赶上了一段好时候。

小艾最喜欢林夕写给王菲的那首歌的歌词，"上帝在云端，只眨了一眨眼"。

在之后经历了多种人生波折之后，她越来越相信，人和神明之间有着很多直接沟通的管道，只不过，这些管道跟星际的运行轨道之间有着人类无法了解的逻辑。因此，人向神提出的要求，不论是祈祷还是赌咒发誓，有一部分会被应允，就是因为星际在运行的过程中，刚好赶上了瞬间的"信号"。

坊间把这称为"运气"或"缘分"。

就在北京没上没下地到处飘散着柳絮的那一天，小艾和 U3 跟神明以他们不自知的方式产生了短暂的连接，他们俩在不久之后分别时来运转。

U3 成为百万富翁的过程没什么前兆。

那是一天半夜，U3 和小艾正在他们那个地下室里吃泡面，忽然有人敲门。

两个人都被敲门声吓了一跳，同时停了嘴捧着面碗互相看。

在他们的经验中，半夜敲门的，不是债主就是派出所的，好一点最多是突然流离失所的"同行"。

U3 比画了一个"嘘"的动作，小艾嘴里含着的一口面没敢咽下去，敲门声再次响起，这回有个他们熟悉的声音说了声："开门啊 U3，是我，陶源。"

陶源是个"穴头"，经常帮 U3 他们介绍演出赚提成。

U3 听到陶源的声音如释重负，放下碗嘟囔了个"×"，站起来去开了门。

那天跟陶源一起走进地下室的还有一个台湾口音的中年男人，小艾记得那个人脸上有点小时候得过严重皮肤病留下的小而浅但密集的坑，有上百个，就那么没规则地散落在一张脸上，给小艾留下了深刻印象。

这张一脸坑的脸的主人叫 John，后来他成了 U3 他们一众乐人的老板。

John 跟在陶源后面走进来，说明了他的来意。

他代表一家唱片公司，要跟 U3 他们签一份合约。

U3 接过 John 递过来的合约皱着眉头看了半天，又抬眼看了看陶源，一脸的计无所出。

John 看 U3 不表态，把他随身背着的一个老式旅行袋放在 U3 面前，打开，从里面掏出一堆现金。

那是小艾长到二十一岁第一次在真实生活中看到那么多现金。她嘴里含着的那一口始终没敢咽下去的泡面，在看到钱的一瞬间从唇齿间直接溜出来，同一时间溜出来的还有两道口水。

房间里三个男性一起看向小艾。

小艾怕 U3 骂她，赶紧把面条和口水都吸回去。

U3 没骂小艾，转身站起来，把挂在椅子上的一件军大衣递给小艾，说："泡面放下吧。走，咱们找个地方吃火锅去，都有这么多钱了反正。"

那天是 12 月 20 号。

隔天小艾穿着簇新的"真维斯"回学校准备考试。

除了"真维斯",她还拿 U3 给她的钱买了一堆化妆品,不是以前她用的那些地摊货,而是真正的在商场里买的有品牌的化妆品。

小艾人生中第一次体会到了花钱的快乐,在寒冬里整副心肠都是她不熟悉的春风得意。

小艾特地在学校住了几天,除了考试,她每天换一套真维斯,涂上那年流行的黑色唇膏,喷上那年最流行的 DIOR(迪奥)的"毒水"。在所有她讨厌过的女同学和包括霍许在内的她介怀过的男同学面前都演了一遍穷人乍富。

等演完也考完试,小艾拎着她的新装,出门当着几个同学的面高调地打了辆"面的"回 U3 的住处。

小艾在面的上还兴冲冲地跟出租车司机说了一路学校的坏话,完全没预感到等待她的是什么变数。

黄昏时分,小艾回到地下室,下车前还豪气地给了司机两块钱小费。

走到门口,门虚掩着,小艾兴冲冲地喊了一声:"3 哥,我回来了。"

等推门进去,小艾傻眼了,里面冷冷清清的,黑着灯,不仅没人,还像遭劫了一样一派混乱,一些不值钱的杂物和垃圾四下散落在地上和床上,塑料衣柜还在,拉链敞开歪在墙边,小艾的一条已经穿破洞的秋裤耷拉在拉链上,令衣柜看起来像个刚被羞辱过的妇女。

U3 的乐器和设备都不见了。

小艾打开灯,从地上捡起自己常穿的睡衣,掸了掸上面的脚印。

有那么几分钟，她幻想着，也许是小偷来过。

她抱着这个幻想跑到巷口的公用电话呼叫 U3 的传呼机。

这期间来了好几个打传呼的人。

每次电话响起，小艾都不管不顾抢过来接，每次都不是 U3。

幻想毕竟是幻想。

天黑了，巷子里寒风凛冽。

小艾冷得受不了，只好返回地下室。她把几件她的旧衣物从地上捡起来，抱着坐在单人床的床板上又发了一阵呆。

她不知道怎么面对这个突发情况。

她没有立刻特别悲愤或特别难过，她的一切坏情绪都被"变数"带来的满满的不知所措堵在心头。

对小艾来说，眼前最大的问题不是"失恋"，而是她又"无家可归"了。

因为跟 U3 的交往，她在学校已经成了被老师们唾弃和被女同学们排挤的目标，再加上她前几天的那一通炫富，基本上一手酿成了自己势必被孤立到毕业的结果。

就算 U3 没有怎么善待她，但他至少是那个有一碗泡面会分半碗给她的人，U3 还给她钱让她买了真维斯，那可是当时全校女生都会艳羡的知名品牌。

在那个小艾左支右绌的大学时代，如果硬要在心里把一个什么地方想成"家"的话，也就只有 U3 的这个租来的地下室了。

想到这儿，小艾委屈起来，她不明白为什么 U3 招呼也不打就这么走了。

虽然她替他想不出他离不开她的理由，但，她一样也替他想不出非要离开的理由，且是用这么决绝的方式。

本来，在陶源和 John 出现之后，小艾以为从今往后就要过上频繁吃火锅经常穿真维斯的好日子了。

没想到，才不过几天，她就成了被遗弃在地下室的孤家寡人。

坐了一阵之后，小艾瞥见地上不远处有一枚 U3 用过的旧刀片。

小艾想到了"死"。

弄死自己需要很大的勇气，像小艾这样连回学校的勇气都没有的人，当然不具备自杀的勇气。

等天彻底黑下来，小艾饿了。

她把口袋里的钱拿出来数了数，还有两百多，她很后悔刚才给了面的司机小费。

她把取暖的"小太阳"插上电，把被踩乱的床单重新铺好。

她发现角落的垃圾袋里还有几包完好无损的泡面和榨菜，小艾几乎要高兴起来了。

日子好像也没有变得更坏，U3 不见了，可是地下室里依然有"小太阳"跟泡面，她小艾还有两百多块钱，这是她活到二十出头拥有过的最多的存款。

这足以让她缓冲一阵子了。

电水壶里的水开了，小艾把平常泡方便面用的铝饭盒从地上捡起来，放在小凳子上，开水冲下去，她熟悉的调料包的味道散开在房间里，小艾生出一个念头，她要好好活下去，活出个样子来，活到有一天让 U3 对她刮目相看。

理论上说，小艾那天的念头最终也算实现了。

U3 消失之后，小艾听人说他在拿到钱后就在望京一带买了房。

再后来，小艾在大街上的音像店看到了印着 U3 头像的唱片跟盒带。

有一段时间，小艾还经常能在媒体上看到 U3 的消息，那段时间没有持续太久，风水轮流转，小艾的名字和消息就也开始出现在媒体上，最初她和 U3 还并驾齐驱，没过多久，她被关注的程度就超过 U3，且持续了下去，U3 没有实现过反超。

而令小艾真正在意的，不是她超没超过 U3，而是 U3 似乎并没有关注过这些。

等他们再次正式见面，是时隔二十年之后。

那时候小艾已经忘了她二十年前的冬天在那个地下室里升起的那个要活得让 U3 刮目相看的念头。

然而宇宙之间就是有那么一股力量，认真起过的念头，你自己忘了，神明还负责记着，不仅记着，还替你实现。

那次是一个唱片业的版权维权大会。

小艾作为"明星"代表出席，U3 则是众多词曲维权者之一。

U3 的样子看起来已经彻底是个典型的不得志的中年人，跟身体有关的一切都失控了，失控的面容、失控的身材、失控的坐姿和失控的呼吸声。

小艾在人群中看到 U3 的时候，他正身体半歪着卡在那个承载他的座位里，他的肚子鼓在座位中央，好像肚子里的油太多，按捺不住想从身体四方八面的皮肤里滋出来，连脸上的毛孔都像被那些油撑开了一样，黑压压地满在一张油汪汪的大脸上。

就算这样，U3 那副年轻时代就不可一世的表情也还执拗地挂着，正是那表情帮小艾认出了他。

整个会议，小艾坐在台上正中间被媒体拍照，U3 则坐在台下一个后排的角落里，无人问津。

过程中两个人没有任何眼神交集。

等活动结束，小艾在助手、经纪人等的簇拥下准备离开现场，都走到了门口，她又转了一念，让其他人在原地等着，她说要"去跟个老熟人打声招呼"，就独自回身走向 U3。

她走到他面前的时候，U3 正准备从椅子里把自己推起来，看见小艾，他又重重地坐了回去。

她走近，问他："你还记得我吗？"

U3 往后仰了仰，努力地跷起二郎腿，一只手臂搭在椅子靠背上，另一只手抓了抓鼻孔，下嘴唇配合那一抓用力往上一掀，整个五官为之一振。

U3 就势抬眼看了看小艾，眯起眼睛嘴咧开，似笑非笑地说："记得啊，你不就是那个穴头的果儿吗？哎，他叫什么来着？老吃黑钱的那个。瞧我这记性。呵呵。"

说完保持着咧嘴的表情抖了抖腿。

他的嘴咧出一个不等边三角形，透过这个三角形能看到他嘴里上下两排参差不齐的黄牙被烟垢包裹着。

那是小艾熟悉的表情，那个嘴的角度很难说是在笑或仅仅是抽搐，以前他也用这个表情打发过小艾的许多疑问。

小艾没料到 U3 会说出这样的一句话。她正思忖如何回击，U3 使劲站起来，他夸张地清了清嗓子，好像他还有别的话，只是被喉咙里的痰挡住了没说出来。

然后 U3 就那么昂首挺胸地走了，经过小艾面前的时候还故意撞了她的肩膀，不知道那是他对她的挑衅，还是调戏，抑或是无视。

小艾闻到 U3 身上散发出的一些气味，闻起来像过了保质期的老式点心，带着早该被遗忘的油腻的哈喇味。

回程中，小艾心头涌起许多跟 U3 有关的陈年往事。他专注于创作时的魅力，他弹唱时的"烟酒嗓"发出的动人音色，当然，还有他骑在她身上说过的情话和骂过的脏话，他让她枕着他的胳膊时她感到的体温，他的巴掌打过她脸颊留下的胀痛，他住处外肮脏的公厕和她去公厕的路上那些盯着她看的中年男性邻居猥琐的眼神，以及她被他留在那个地下室之后她心里长久盘踞的，没有人能明白的受伤和挫折感——那是连"悲伤"的资格都不具备的纯粹的狼狈。

现在，小艾一只手上戴的首饰的价格恐怕已超过了 U3 如今的全部家当，而她的一个决定就能断掉他半条生路。

U3 明明和小艾一样清楚这些，可是，他无所谓。

U3 是个骄傲的人。年轻气盛的时候因为才华和运气骄傲，等人到中年，才华和运气都没了，骄傲还在。

小艾并不介意 U3 的骄傲，她介意的是他从来不承认她也有她的骄傲，不论她是那个像流浪猫一样跟在他旁边的穷学生，还是如今被人民捧为"天后"的成功女明星，她在他眼中，自始至终都是一个"果儿"，他对她的态度，自始至终都只不过是"戏果儿"。

她当年在地下室的决心实现了一半，她的确好好活了下来，也绝对算是活出了"样子"，但 U3 并没有对她刮目相看。

小艾这样想着，抬手擦了擦不知道什么时候滚落的眼泪，定了定神，拨通了给组委会的电话。

那次，因为小艾关键性的表态，U3 和跟他情况相仿的几个人损失了近百万的版权费。

小艾对自己这个决定没有任何不安。

毕竟，"报复"是她人生中最重要的前进的助力。

那并不是小艾第一次有计划地报复 U3。

上一次是二十年前，就是 U3 招呼都没打就把她甩了的那次。

小艾在地下室躺了三天，吃完了所有泡面和榨菜之后，她挣扎着起来，去找了陶源。

"这个过河拆桥的王八蛋！"

在约好的饭馆一见面，陶源立刻用一句话表明了他的立场。

他这么评价 U3 当然不纯粹因为小艾。

"我辛辛苦苦谈了两年半，终于谈成了，按行规，就他这种货色，我起码得分一半吧?! 或者你说你是李逵，家里还有八十几岁的老母亲要养，那我少收点，三成! 三成算够意思了吧! 哪怕咱们再退一万步，你 U3 就是穷怕了，活到三十岁总算见着钱了，一见就撒不了手了，那看在这么多年我陶源鞍前马后地张罗这张罗那的分儿上，没有功劳也有苦劳，一成总该给我吧! 结果你猜——对了，你叫什么来着? 哦，小艾，艾姐，你猜怎么样，丫给了我两千! 两千?! 我 ×，你丫当我是要饭的呢，要没我陶源，你 U3 不就是一个住一辈子地下室早晚不是喝假酒喝死就是嗑假药嗑死，要不就是跟人斗殴被打死的臭傻 × 吗! 就丫这种，死了都上不了《元元说话》[1]! 你们家是祖上积德三代烧高香，我陶源给你谈了一个这么大买卖，人家单头款就付了几十万，你他妈给我两千?! 你的良心让狗吃了? 狗都比你明白什么叫感恩戴德!"

陶源不断用"你"这个人称代词咒骂不在场的 U3 表达愤懑。
骂到中场，陶源问小艾："对了，他给你多少?"

"我 ×，五百? 丫是个什么东西! 在昆仑门口站街的都比你拿的多吧?!
"我不是那个意思啊妹妹，咱说说这么个道理，做人不能太鸡贼!"
陶源在那个卖砂锅的饭馆里拍桌子打板凳地又骂了四十分钟，那家不到五十平方米的饭馆几乎每个人都知道了世界上有 U3 这么个人以及他有多

---

1 《元元说话》是二十世纪九十年代北京电视台热播的电视节目。

么背信弃义。

等骂完，陶源提议他们两个人联手"弄"U3。

怎么弄呢？

一时两个人都没了主意。

直到第三次见面，能想出来的无非是"作风问题"。

然而对 U3 这样的人来说，"作风问题"那又算什么问题呢？

这件事眼看就要这么虎头蛇尾地不了了之，陶源接了个电话，等挂断电话，他忽然换了个话题问："哎，对了，你不是帮人唱过和声吗？翻唱试过吗？"

那天晚上，陶源带小艾去了海淀的一个啤酒屋。

那个啤酒屋平时有个唱民谣的歌手，每周来两天，店家发现驻唱能带动消费，想变成一周五天，无奈那个唱民谣的女孩儿腿脚不便且内心清高，不肯加工时。老板开始盘算再找一个歌手每周加唱三天。

小艾就这样成了那儿的驻唱歌手。

这个生意是陶源谈成的，经他提议，小艾在啤酒屋的收入和陶源三七开，她三陶源七。

"你也看见了，要是没有我跟老板聊，就凭你这种勉强唱卡拉 OK 的水平，外加勉强当夜间服务员的长相，怎么可能拿到这份工作？理论上说我应该给你一成。这不是我看你也算个受害者嘛，谁让我仁义呢？就让你拿三！不过咱们话可说清楚了，你得争气，别唱两天让人轰走了。另外，咱们走江湖的人都讲个规矩，你除了唱歌之外，要是有别的收入，那都是你自己的！我陶源绝对一分都不拿！"

因为这句话，小艾和陶源后来发生了争议。

彼时小艾认识了老莫，一个中年男性，他跟小艾好，给小艾钱。

起初只是零用钱，陶源睁一只眼闭一只眼没说什么，等渐渐变成老莫对小艾的投资，陶源就觉得不应该跟他无关了。

"你不是说过，我除了唱歌之外别的收入都跟你无关吗？"小艾说。

"我×，要没我给你介绍，你哪儿有机会驻唱，哪儿有机会认识老莫？再说，老莫给你出钱，不是让你买衣服买鞋，是帮你出唱片，你那不还是在唱歌吗？只要唱歌他妈不就跟我有关了吗？！"

"我让他给出钱，帮我出唱片，靠的是我唱歌吗？"

"那你不是靠唱歌是靠什么？卖淫吗？"

"你再说得这么难听，我不仅不会再让你抽佣，信不信我还会让老莫找黑社会把你给办了！"

陶源是个识时务的人，就算逞口舌之快也绝不伤及自身利益，一看小艾真急了，赶紧转换态度赔笑脸说："我的姐姐，我这不也是替你着急吗？你说你跟这么个有妇之夫扯不清，要没我在中间帮你把把关，你这名不正言不顺的，挺好一姑娘不就剩下吃亏了吗？"

陶源说到了小艾的痛处。

的确，老莫是个有妇之夫。

小艾知道，但迎难而上，除了因为老莫给她提供了令她生活略舒适的物质之外，还有就是，在小艾心里，她并不觉得她有什么"吃亏"。

她不算太长的成人之路，没有经历过像样的情感，也没有遇见过疼爱她的人。老莫出现在霍许和 U3 之后，不用表现卓越，就已经轻松地鹤立鸡群了。

况且，哪个"有故事的女人"没有过一两段跟有妇之夫的故事。

小艾大概命中注定要成为一个有故事的人，她最经典的"故事"始于老莫，而她自己也没有料到，这段纠缠，竟然草蛇灰线地延绵了她大半个人生。

认识小艾那年，老莫是个刚下海的文化商人，从事电子产品的生意，事业有点起色之后就按捺不住一颗躁动的心，颇向往披着文艺调性的休闲娱乐。

当时社会上忽然平地而起了很多像老莫这样对"文艺"盲目向往的男性，其实对所谓"文艺"的见识都十分有限。

所以老莫根本听不出小艾唱得好不好。

但她唱歌的样子颇符合他对"文艺"的想象。

小艾呢，虽然本身跟"文艺"也没多大关系，但架不住她具备那个时代推崇的"文艺女青年"的全部特征：平胸、溜肩膀、小眼睛、白皮肤、直发，穿单色麻布裙，站姿内八字，时常流露出神经质的惊慌失措，再加上不爱笑。

关键是，小艾并没有意识到她自己的特色符合时代需求，所以她一开始站在啤酒屋那个舞台上时很不知所措。

这又歪打正着了。

用老莫的话说，小艾在台上总有一种"惊恐感"。

有经历的女人容易走向两个极端，要么有"风尘感"，要么有"惊恐感"。

小艾是后者。

或是说，至少从表面上看起来，她总是有种说不清理由的"惊恐"，好像之前受过的伤害，都悄然转化成了白血球，让小艾不管在哪儿都能随时组织出一派草木皆兵的气氛，她自己则是那个气氛的受害者。

她的体态和表情也都全须全尾地配合着这一股自体氛围，出现在人群中的小艾总是略微耸着肩、头略微往前探着，在略微挑起的眉尖下依稀能看到像猫一样比正常情况收缩得更急促的瞳孔。

小艾完全没料到，所有这些不仅符合那个场合的需求，也准确地击中了老莫内心的某个柔软之处。

"你就像一只小小的，受过伤的流浪猫，看到你那个样子，我觉得我有义务要把你捧在手心、抱在怀里，帮你疗伤，好好照顾你。"老莫对小艾说。

小艾很受用。

在此后的人生中，她放大了这种"惊恐感"，不管得到什么还是失去什么，她出现在大众面前的时候，永远能准确拿捏这种"流浪猫"的调性，常年演绎着惊恐和无辜。

令那些拥戴她的人，拥戴她的方式也是不自觉地带着必须要疼爱她的"义务感"。

有两种动物人格的人特别容易"成功",一种擅长扮演成"老虎",另一种喜欢伪装成"流浪猫"。

"老虎型"的人是假装更有能力好征服他人,"流浪猫型"的人则是习惯演弱小来获得支持。

小艾是"流浪猫"的典范,只不过,最初她出于本能而并非心机。

一年之后,小艾成了一名歌手。

又一年之后,小艾成了"当红歌手"。

她成功的关键始终不在唱功,而是不断扩大"流浪猫"的假象获得他人的支持和帮助。

在小艾成名之后,老莫成了她故事中的"初恋"。

老莫的事迹,真真假假穿插在她被采访的内容中,负责制造爱情的幻象。

为满足听众需要,小艾像个编剧一样把老莫塑造成一个几乎完美的男人,把他们的交往塑造成一段几乎完美的感情。

在小艾第一则主打的故事中,老莫是世界上第一个给予她"赏识"的人。

她把他们认识的过程,形容得很像那个时代流行过的一部电影《欢颜》。

有好几次在电视节目中或现场讲到这个故事的时候,小艾都会模仿那部电影中的影星胡慧中扮演的角色弹着吉他唱上两句:"飘落着,淡淡愁,一丝丝的回忆,如梦,如幻,如真。"

不管哪个年代,多数女性都会隔三岔五地感到内心涌动着"一丝丝的回忆"——无原因。

多数女性也都期待着当这种内心涌动发生的时候，对面有深情的目光刚好在注视着自己。

小艾的讲述成全了那些幻想。

经过反反复复地讲述，大家对小艾那位"初恋"的想象基本上就是《欢颜》中的那个中年气质男。

那是一个相当有说服力的形象：多情还专情，话少且钱多。

放在任何时间地点，这样的男人都是满足女性幻想的首选。

更何况他还以救世主的形象出现。

"遇见他之前，我从来都觉得，我自己，一无是处。"

这是小艾的肺腑之言。

"是他给我鼓励，鼓励我的梦想，鼓励我成为更好的自己。"

嗯，这基本上也算实话。

小艾开始去那个啤酒屋驻唱的时候，刚好赶上老莫他们行业的"淡季"。

有一阵子，他几乎每周有三四天都会在晚饭之后去那个啤酒屋消磨一阵。

起初他并没有注意到小艾。

有一天，适逢另外那个驻唱的女孩儿当班。老莫一时兴起，让服务生帮他点了一首歌，是当时特别流行的周华健的《让我欢喜让我忧》。

那个腿脚不便的女孩儿听完服务生的传话，理都不理，继续唱了一晚上小野丽莎。

世界上的"优越感"无处不在。

有的人因为财富优越，有的人因为审美优越。

有优越感存在就有歧视的存在。

唱小野丽莎的人歧视喜欢周华健的，管他有钱没钱呢。

老莫遭到歧视，有些悻悻然，一连几天都没来。

大概也没太多其他地方可去，隔周他又臊眉耷眼地出现了。

那天适逢小艾驻唱。

店里服务的人个个热爱看八卦传闲话，当然捕捉到了老莫自尊受挫的画面。

对店家来说，"审美"是个装门面的手段，"能赚钱"才是不变的真理和目标。

因此，当发现老莫不计前嫌地又上门了，店长赶紧张罗热情接待，并私下嘱咐小艾务必给老莫演唱周华健。

任何一个环境，只要引入竞争机制，就会提升服务质量。

小艾来面试的时候看过那位"前辈"的现场，她心里清楚，凭唱功她远在对方之下。

作为一个有危机意识又有"看脸色"经验的人，小艾不仅爽快地答应了店长的要求，还在演唱过程中，跟台下的老莫眼神互动了起来。

那家啤酒屋并不是一个具有歌厅属性的所在，又被另一位长期翻唱小野丽莎的歌手镀上了些许小众风情。这样的环境自然是做作有余热情不足。

小艾放下姿态与民同乐的选曲和表达，把调性调整到了一个刚好适合微醺的人在心里撒撒野的地步。

台下的老莫高兴起来。

之后他问了店里的"演出安排"，从此专挑小艾在的时候才来。

老莫是一个在钱上面一贯不太吝啬的人。每次小艾唱了他心仪的流行歌，他都主动给小艾小费。

小艾正常的报酬是店里直接付给陶源，陶源抽成之后才给她，小费则不然。

因此小艾的选曲跟给她小费的顾客的审美挂钩。

老莫感到被重视，顿时心生欢喜，为了让这个欢喜更持久，老莫付小费的频次和额度也频频增加。

最开始小艾并没有关注到老莫的欢喜之情。

她取悦他，只不过是为了赚钱。

小艾喜欢赚钱的感觉，不仅因为她从老莫这儿拿到的小费已超过她能从陶源那儿获得的分成。

而且，拿钱还不用被羞辱。

这在小艾的经验中是从来没有过的。

以前，她不论跟父母还是跟 U3 伸手要钱，都是多半被拒绝还伴着被羞辱。

老莫给她一个新的经验。

他不仅主动给她钱，给的时候还带着感谢和尊重。

小艾人生中首次透过一个金钱关系更看得起自己，这让她对老莫产生了不一样的观感。

一个人和另一个人，有了专属于他们之间的金钱关系，就建立了特殊的亲密。如果这种亲密里还有互相尊重做基础，就具备了走向情比金坚的可能。

小艾投桃报李，越唱越投入，带着她"流浪猫"的表情。

老莫心里的欢喜，被小艾的歌声一锄一锄下去，开垦出一个新的存在。

那年圣诞夜，小艾在结束工作之后又主动返场唱了一首《新不了情》，那是老莫点唱过不止一次的歌。

现场伴奏的乐队成员着急下班，不肯陪她返场，小艾就自己站在台上，两只手捧着麦，把那首歌清唱了一遍。

当小艾清唱到"这份深情难舍难了"的时候，她眉毛尖呈悲情的八字形看向台下的老莫，老莫也看向她。

他嘴巴略微朝下，好像心里那片新开垦的所在生根发芽，得找个出口释放新生的气息。

"我的那位初恋吗？他就一直相信我可以啊，他是我的第一个忠实的歌迷啊，如果不是他反反复复跟我说'宝贝，你的歌声好动人'，我根本不相信我自己会唱歌。"

老莫在那个圣诞夜正式成了小艾口中的"初恋"，他的确觉得她的歌声很动人。

他的确是她第一位忠实的歌迷。

只不过，他迷恋的是她对他的专注，并早已忽略了她的唱功。

那年新年，老莫送给小艾一把木吉他。

"平胸的女孩儿弹吉他特别好看。"老莫说。

老莫是个坦诚的人。一些字面意思看起来可能会引起尴尬的话一经坦诚，往往就不尴尬了。

小艾也不太介意老莫说她平胸。首先这原本就是个事实，并且老莫送她吉他的行为跟这个事实一组合，不知道为什么，就组合出带着荷尔蒙的甜蜜感。

"你跟一个人熟到什么程度会当着对方放屁？"

那天买完吉他老莫带小艾去吃饭的时候问她。

小艾没回答，低头笑了笑。

"我跟我老婆第一次约会的时候她就在我面前放了个屁，还挺响。我当时就觉得这姑娘太有意思了。"

老莫从一开始就坦诚自己有老婆这个事实。

"男人就是要给女人花钱啊，不然女人要男人干什么。"老莫说。

说到这个话题是因为他给小艾办了一张卡，方便他给她"家用"。

"女人呢，就把握好一点'度'！"老莫接着说，"我跟我老婆谈恋爱的时候，开始挺好，都是我主动给她钱，到后来熟了，她就跟我要，要不怕，要了之后还乱花。我就跟她说：'你看，我的钱就是你的钱，你乱花我的，就等于乱花你自己的。'她一听，就不乱花了，我一看，这个女人懂道理，可取，娶回家得了。女人能听懂道理的不多啊，呵呵。"

老莫对自己的"驭妻术"很骄傲，小艾也听出了弦外之音。

老莫经常轻描淡写地谈到他老婆。

他一边给小艾各种关照，一边把婚姻放在明处，用这种方式把他们俩的主动权交给小艾。

小艾没有跟有妇之夫交往的经验，不知道应该对此做何反应。

再说，比起交往的人已婚未婚，她更在乎的是被疼爱的经验。老莫是第一个主动给她"家用"的人，单这一点，对当时的小艾来说，已足够抵御其他因素带来的不适。

老莫也的确很照顾小艾。

他给小艾零用钱，给小艾买一些小艾自己不舍得买的名牌，还给陶源钱让他帮小艾找了吉他老师。

不仅如此，有三四个月，都是老莫开车送小艾去吉他老师那儿上课。

小艾从小到大，不管学什么都没有任何一个人送过她上课。小艾在认识老莫之前也没有坐过任何人的私家车。

她第一次坐在老莫的车副驾的位子上就喜欢上了车里那种皮革混杂了一点点汽油和一点点二手烟的味道。

那个温暖得有些空气流通不畅的空间特别容易让小艾敞开心扉，也顺带着敞开些别的。

老莫那辆本田一度成了老莫和小艾主要的约会场所。

随着两个人的热情越来越高涨，老莫从只是接送她学吉他，变成每次都接送她去啤酒屋。

认识老莫之前，小艾用她跟陶源预支的钱续租了 U3 住的那间地下室。

老莫第一次把小艾送回去看到那个简陋的居住环境时愣了半天。

小艾像做错事了一样局促地掸了掸床单跟老莫说："你，坐吧？"老莫看了看床，又看了看小艾，说了声"走"，就牵起她的手回到车里，驱车去了一家商场。

那天，老莫带着小艾赶在那家商场关门之前奔跑着选了新被褥、电热毯和电暖器。

后来两个星期，老莫又陆续在小艾住的地下室添置了很多东西，偶尔也会留下来坐一会儿。

冬天的北方，特别适合情侣在暖气不足的陋室增进感情。

那年春节到来之前，有一天老莫接小艾下班。

回小艾住处的路上，老莫一时兴起，说我带你去香山吧。

又补充说："我太太今天不回家。"

说得很欢快的样子。

车快开到香山脚下时，忽然下起大雪。那场雪仿佛有种属于北方的君王般的威仪，好像要昭告什么一样，看似轻巧但不容置疑地挥洒下来。

老莫把车停下来，两个人下车观雪。

等再回到车里，车打不着了。

那晚最终既没修好车也没联系到车辆救援。

为了取暖，两个人在被雪花覆盖的车里抱着过了一整夜。

那一夜，抱出很多信任和不舍。

后来老莫数次跟小艾提到那个晚上，他说自己因此"动了真心"。

春节之后，老莫帮小艾另外租了一个离啤酒屋更近的新居，是个楼房的一居室。

安适的生活给小艾很多动力，她很努力地学琴、练唱、跟老莫谈恋爱。

到那年春夏交际时，小艾正式成为啤酒屋的"一姐"，不仅可以简单弹唱，还越来越会制造她特有的演出气氛。

陶源为了多赚佣金，也卖力地帮她找能收更多的钱的地方去唱歌。

啤酒屋为了挽留小艾这位"一姐"，也提高报酬和加强宣传，小艾一度在中关村成了很多 IT 男提起来会推推眼镜表示知道的"那个谁"。

天底下大部分的事儿都是熟能生巧，唱现场的应对自如帮小艾增加了不少自信。

那阵子她和老莫还在热恋中，她去哪儿他都尽量陪着，坐在台下听她唱歌，她的自信在他的赏识中绽放起来。

小艾始终没有唱得很好，但她的自信让她有能力制造出音乐以外的感染力。

由于"婚外情"天生需要对抗阻力、说谎和刻意制造机会，比照正常的交往，总是显得生命力更强一些。

小艾是双子座。

接近她生日的时候，有一天老莫带小艾去吃了她喜欢的四川火锅。

趁小艾吃得高兴，他跟小艾说，她生日那天，他必须要陪他太太做个手术。

小艾不说话，沉默中又吃了二十分钟。

等回到住处，小艾把老莫给她买的新包摔在地上说："什么大手术非要挑我生日那天？！"

老莫赔着笑脸解释："哎呀，咱们先不生气啊，你想想，我太太都不知道有你这么个人的存在，选手术日期怎么知道你要过生日嘛我的小姑奶奶。"

小艾找不到理由反驳，把摔在地上的包捡起来又扔进沙发。

老莫趋前一步劝慰道："你乖啦，等我安排好，忙完那两天，一定给你补过，你说怎么过咱们就怎么过。"

小艾借势掉了两滴眼泪，蜷着腿坐进沙发强调着委屈："这是人家跟你在一起的第一次生日。"

"我知道，我的宝贝儿。"老莫凑过去挤进沙发里，把小艾放在他腿上，压低嗓门在她耳边说，"大夫说了，导致她这种乳腺增生的原因主要是没生过孩子，以及，那个，性生活不协调。"

小艾没说话，身体往后略仰了仰，做了个"愿闻其详"的姿态。

老莫重新把她抱紧，依旧在她耳边说："哎，我跟你说啊，自从我跟你在一起之后，我就几乎没跟我老婆那什么了。你说，人家因为这个都增生了，咱们是不是应该陪人家做个手术呢？她什么都不知道，什么错也没有。咱们这么快乐，就让让，你说呢？谁都不容易。"

老莫把问题上升为"共同利益"，小艾的逻辑跟不上了。

好在，虽然两个人逻辑不在同一水平，但欢愉是共同的目的和强项。

可能是想巩固一下自己的物理地位。小艾不再接话，她像猫一样把头扎在老莫脖子下面。

老莫说："我就知道你最懂事。你放心，我会对你更好的。"

小艾不说话，把他的手放进她自己的衬衫里。

老莫微微颤动了一下，哑着嗓子说："时间差不多了，我该走了宝贝儿。"

小艾说："你等等。"

星空之下，不到三十平方米的一居室里，顿时溢满动物气的人间春色。

等陪伴完老婆做手术，老莫依承诺给小艾补过了生日。

等点上蜡烛，老莫让小艾许愿。

小艾隔着蜡烛看着老莫，半天，说："我还是别许愿了。"

老莫问为什么。

小艾说："我怕我的愿望，让你为难。"

老莫也隔着蜡烛看着小艾，半晌，说："不管到什么时候，你不离开我，我是不会离开你的。"

小艾说："我怎么会离开你，我连'离开'这两个字都不想听。以前最盼着天黑，因为天黑就可以睡觉，睡觉就能做梦了。现在最怕天黑，因为天黑你就要走了。你走了我就只剩下一个人了，我一个人睡不着，也不再爱做梦了，因为跟你在一起才像做梦。"

说着小艾抽泣起来。

老莫走过去把她抱起来放在自己腿上说："最近我经常有一个念头，说不定，咱俩真有可能长久。"说完又怕不妥，赶忙补了个笑声，让那句话像个风铃一样，响起的瞬间十分动人，但又不至于招致负累感。

天黑了。

老莫拿了车钥匙准备出门，回头对小艾说："我走了啊。"

小艾头发散乱地盘腿坐在床上，胸前挂着奶油的残渍对老莫点点头，点得太用力，眼泪掉下来。

老莫走到门口又返回来。

小艾像猫一样用力钻进老莫的外套，脸在他胸前摩挲，手伸过去环住他的腰，紧紧地抱着说："我不想让你走。"

老莫拍着小艾的背，自语似的说："唉，原来这世上，真有爱情啊，以前看电影里那些男的女的难分难舍的，我以为，那都是闲人编出来骗钱的。"

又说："桌上那些钱不算，你好好想想要什么生日礼物，什么都行。你难受我心里也难受，我要让你高兴。"

"你让他帮你出钱，我找人给你出张唱片。"这是陶源给小艾出的主意。

结果老莫还真出了那笔钱。

陶源拿了钱之后给小艾张罗，结果从一开始说的"一张唱片"变成了"一首单曲"，老莫也没追究。

小艾自己也没追究。

"录歌"这件事足以让她持续兴奋好一阵。

不管是什么类型的恋爱，有个兴奋的女主角总是令人开心的。

那年秋天，小艾拿到了为她量身定制的新歌。

在听完 demo（样片）之后，小艾开心地叹了口气，好像没想明白似的问陶源："咦，我问你，为什么以前那个 U3 出唱片，是你找人来捧着钱给他，可换成我出唱片，还得我自己出钱让你求别人？"

陶源翻了翻眼皮看着小艾，正色道："大姐，U3 出唱片，那是搞音乐，您录歌，这是发明星梦。这是有本质区别的。何况，这钱也不是你自己出的。你不干这事儿呢，就凭你，照我看，呵呵，也就是个'虚度'。合着成败您左右都没损失，你就别问这种外行话自取其辱了，我要是你，我就赶紧自欺欺人偷着乐吧！"

小艾被陶源说得低了头。

不知道她是真听懂了陶源的话里有话，还是她的确认清了事件的本质，总之在之后的多次公开表白中，她都会反复强调："我非常感谢我的初恋，因为他的出现，让我有机会发现我自己。"

当然小艾并没有阐明老莫的主要功能不是"出现"，而是不断"出资"。

"其实，只要敢梦想，有坚持，就会有结果。"

"我没想那么多，我从来没奢望过结果，只是因为我爱音乐，又笨笨的，除了唱歌我也不会做别的，所以，大概上天总爱眷顾笨小孩吧。呵呵。"
这是后来小艾在公开场合重复最多的话。

小艾的爱情故事，叙事是"丑小鸭变成白天鹅"，核心是"女性励志"。
这是个放诸女性世界皆准的完美造梦过程。她会不经意地像甩了甩水袖
一般，把结果美化成她的个人努力，小艾还特别擅长自嘲，经常用看似
贬低自己的说法，让她的成功学显得特别亲民。
除了小艾自己有限的擅长，事情的成败主要还是"踩对了点儿"。
时代就像一个众人跻身一处的盛大舞会，唯有"踩对点儿"的人才会看
起来最像主角。
小艾在对的时间认识了老莫，又让老莫给她出钱，帮她出了唱片。
和 U3 一样，小艾赶上了唱片行业的"盛夏"。
命运再次眷顾，让她录第一首歌就认识了因情伤跑来内地自我疗愈的制
作人 Andy。

Andy 也是陶源给小艾介绍的。
介绍这么个制作人并非出于陶源本意。
在那次他"揭示"了小艾的明星梦之后不久，小艾找了个两人又有口角
的时候提出散伙。
一来小艾认为陶源不应该从老莫给她做唱片的钱里抽那么多佣金，二来
小艾认为陶源的能力已经帮不了她更多了。
陶源是个为利益随时能屈能伸的人，他看准小艾这儿还有利可图，为巩
固合作，就搬出了 Andy。

Andy 是个在港台两地颇有些知名度的制作人，早早就"出柜"的
"同志"。

和很多性倾向明确的"同志"一样，Andy 坚定地认为全世界的男的都是
"同志"，只不过有的自己还不知道而已。

在这样的认知之下，Andy 义无反顾地爱上了一个"直男"。

结果可想而知。

受伤的 Andy 把"求不得"的肝肠寸断全写进了一首歌里面，也就是后
来小艾的那首成名曲《爱在天长地久时》。

原本故事的男主角从一个拒绝被掰弯的陌生直男，经小艾演绎，被替换
成了老莫。

有意思的是，Andy 也间接成了小艾和老莫分手的导火线。

Andy 因为感情不顺成了"北漂"，他遇见的第一个业内人士是陶源。

陶源没费什么力气就让 Andy 以为他是个狠角色，因此小艾的单曲是
Andy 到内地接的第一个案子。

他们的合作是开心的，基本上三个人都从中获得了自己想要的。

陶源抽了两边的佣金，小艾接受了不一样的职业训练，失恋中的 Andy
获得了他需要的内心安慰。

Andy 把他所有的专业经验都毫无保留地分享给小艾，不仅在音乐制作
上，还有在"如何成为一个艺人"上。

小艾没有当艺人的经验，也没有跟 gay 当朋友的经验，跟 Andy 的交往

简直就像刘姥姥进大观园，在应接不暇的大开眼界中，她很快对他言听计从。

"你知道吗，你的可爱是你不知道自己有点可爱，你的聪明是你让自己看起来傻傻的。"这是 Andy 对小艾的评价。

"跟有妇之夫交往有风险哦，你要开始注意形象啦小姐。"这是 Andy 的劝诫。

"可，这是事实啊。"小艾回答。

"事实是怎样的，一点都不重要好不好。重要的是，people（人民），people 期待什么样的你。最终给你更多钱的是 people！OK？你那位情人，就算倾其所有，能有多少？你早晚要奔向大海，他不过是你的澡盆——看起来温暖，但没前途，没格局，且早晚要凉！"

"哦？"小艾似懂非懂。

"如果我们跟人家讲：喂，瞧一瞧看一看啦，我是写歌的那个同性恋啦。瞧一瞧看一看啦，我是唱歌的那个小三啦。你说，再好听的歌，谁还要听？谁还敢听？"

"那怎么办？"

"首先隐瞒真相咯，然后呢，就编一个大家都喜欢的故事咯。小姐，艺人要注意形象，什么是形象？形象就是假象！什么是艺人，艺人就是那个有义务制造假象让大家去追的人！换句话说，你从此就是职业演员，一生只要演好一个角色——你自己。"

"听起来好像在做一件骗人的事儿。"小艾笑说。

Andy 正色道："那有什么错？！如果一件骗人的事儿是为了让大家都开

心，why not（为什么不去做呢）？况且，其实呢，大部分受骗的人，是他们自己心里早就做好准备要受骗的。"

小艾疑惑道："我不懂。"

Andy 说："你不用懂，你做就好了。你以后也不用因为做了假象就内疚，我跟你讲，这个世界上啊，根本没有几个人配拥有'真相'！"

不知为何，Andy 说到这句的时候愤恨起来，以至"配"那个字一出口，跟着喷出一点明显的口水，他自己也看到了，笑起来，解嘲似的对小艾玩笑说："'朋'友，你'怕'不'怕''胖'，要不要吃'pizza（比萨）'。"

他每说到一个 P 音节开头的字都特别强调，每次强调都喷出一点口水，小艾跟着笑起来。

小艾非常接受 Andy，在认识 Andy 之前，她没有跟其他男性特别亲密的经验。这种亲密，不是像跟 U3 的那种纯肉体密切或跟老莫的依赖式密切，而是敞开心扉无所顾忌的密切。

他们快速从工作关系延伸成形影不离的好友。

小艾跟 Andy 一起逛街、买地摊货、吃地摊货。

他们交换各自的秘密、交换明星八卦、交换对男人的看法、交换对爱情的期待，甚至交换性经验。

小艾的陪伴让 Andy 的"北漂"变得容易了一些。而 Andy 对小艾的启蒙则是她成为专业艺人的关键。

小艾开始对 Andy 越来越依赖，当他以制作人这个角色出现时，他相当有主见有担当，完全是一切尽在掌握的男性气概。

工作之外，他的敏感、细腻、有审美和对女性世界那些琐碎话题的不厌其烦又完全是个称职的闺密。

"女生的手绝对不能丑。那些不涂指甲油的女人，我真想对她们讲：拜托，你干脆眼屎也别擦！"

"只要脖子美，男生就会忽略你胸部的大小。只有肤浅的人才会注意女人的胸，有格调的都先看脖子。"

"头小的人才有资格留大鬈发！什么是九头身，不是要长到一米八才可以九头身，重点是头要小！"

"除非你是拉拉，否则女生永远不要穿格子衬衫。"

"梳马尾而不好好整理额头前面碎发的女生简直不配有性生活。"

"一切不能露出脚趾的凉鞋都该拿去烧掉，一切露出来的脚趾不涂指甲油的都应该拿去剁掉！"

Andy不仅有很多理论，他还不厌其烦地亲自带小艾去实践。

小艾很多"第一次"都是受到Andy的影响：第一次做美容，第一次去找美甲师，第一次蜜蜡除毛，第一次玩塔罗牌，第一次主动主导一场性游戏。

那天小艾让老莫带她去什刹海的荷花市场吃小吃。

黄昏时分，两个人坐了个带车篷的人力车。

小艾让老莫把前面挡风的纱帘放下来，她就开始在骑行中的人力车里对老莫行动起来。

小艾是有备而来，老莫不是。

小艾的准备是 Andy 帮她一起完成的。

后来她跟 Andy 汇报那天的"战况"。当她说到老莫"完事儿之后都哭了"的时候，Andy 也当场喜极而泣，像个听说女儿刚完成了自己梦想的老母亲。

不过，事情后来的发展有点失控。

Andy 不仅改变了小艾对自己的审美，也不知不觉中改变了小艾看老莫的眼光。

跟 Andy 成为密友之后，小艾开始看老莫不顺眼。

她先是批评了他的内衣和袜子。

老莫没太在意，他所有的衣服，从里到外，基本上都是他出钱他太太负责买，所以起初老莫把小艾的批评理解成她在找碴攻击情敌。

老莫解决小艾的不满也都只用一个方案，就是给她钱。

作为一个普通中年异性恋者，老莫在跟女人的交往中没有太多其他成功经验，无非是给她们钱或让她们管钱。

然而，自从 Andy 出现之后，老莫和小艾之间慢慢开始生出一些钱也解决不了的问题。

小艾嫌老莫上厕所不关门。

老莫并不是忽然上厕所不关门，他在小艾的住处如厕的时候就从来没关过门。

之前小艾也没觉得这有什么。

她的生长环境没那么多讲究。

十四岁之前小艾家住平房，全家都得去公厕。十四岁之后，家里分了楼房，也是和同楼层的另外两户合用一个厕所，严格地说，也是"公厕"。

学校当然不用说，几十个女生合用那几个蹲坑。

跟 U3 同居之后住那个地下室，也一样是去公厕。按理说对有人在附近大小便这事儿，小艾早就习惯了。

可现在不同了，她不仅是一个拥有自己单曲的歌手，她还拥有了一位像 Andy 那么讲究的朋友。

小艾看待一切的眼光今非昔比，在接受了 Andy 对世界和男人的评价之后，小艾开始嫌弃上厕所不关门的男人。

"你怎么了？"在小艾第五次用力摔厕所门之后，老莫问。

"什么我怎么了？"小艾坐在沙发里，眼皮都不抬地反问，"你怎么不问问你自己怎么了？"

"我又哪里惹你不高兴了？"老莫赔笑道。

"我这样的人，不配高兴。"小艾说，"你还是继续和喜欢当人面放屁的人过吧。"

和天下大部分女性一样，小艾表达不满时不够直白，老莫仍以为是小艾在借故嘲讽他太太。

这让老莫在心里有点开始同情他的太太——那个第一次跟他约会就当面放屁的人。虽然她没有小艾那种"我见犹怜"的激发他拯救欲的气质，但也没有让老莫长期处在动辄得咎的紧张里。

老莫开始减少跟小艾见面的次数，也减少了给她钱的数量。

小艾没太意识到，一方面"歌手"这个新身份占去了她许多时间和精力，另外"歌手"这个角色也让她开始有了自己的收入。

老莫在她生活中的功能——填补空虚和补给家用——被削弱了。

沉浸在收获中的小艾没及时发觉老莫的疏远。而她对他越来越不掩饰的挑剔让老莫最终萌生退意。

过程中，他们还是会用做爱解决问题，或是说，用做爱来隔断问题。

年轻的小艾，高估了性的作用，也高估了男人对"批评"的耐受力。

一个人不论爱着谁或爱过谁，始终最爱的还是自己。

又一个冬天来临，老莫离开了小艾。

作为一个凡事都习惯于计划周详的人，老莫算是筹备了他跟她的分手，所有跟这个事件有关的人都提前知道了，除了小艾。

老莫的"筹备"也没有任何新意，他就是给小艾预留了一些钱。

基于未雨绸缪的习惯，老莫没有把这些钱一次性全部都给小艾，而是分别给了小艾身边不同的人。

他给了 Andy 钱，让他帮小艾找好团队；他也给了陶源钱，让他帮小艾多谋出路；老莫甚至还暗中给了小艾的系主任钱，为了小艾能顺利毕业。

在做好所有这些准备之后，老莫告诉小艾，说他要去欧洲出差一两个月。

小艾很不以为意，老莫告诉她行程的时候，她正在听 Tori Amos（多莉·艾莫丝）。

那也是 Andy 推荐给小艾的。

自从听过了 *Little Earthquakes*（《小地震》），小艾不仅不许老莫在家放《花心》，甚至连他偶尔哼唱一些港台流行歌小艾也会明显表现出不屑。

她快速地忘了，仅仅一年之前，正是那些被她瞧不起的港台流行歌，给了她引起老莫注意的机会。

老莫没有特别说什么。

也和大部分"直男"一样，老莫不擅长"说"，他只是做了他自认为该做的事儿。

出发去欧洲之前，有一天老莫郑重其事地约小艾吃饭。

他们约在 TGI Friend，那是跟老莫交往之初小艾最喜欢的地方。

等上菜之后，小艾一边吃着 Taco（墨西哥卷饼）一边对老莫说，在美国，这样的餐厅也就最多是个喝酒聊天的地方，不能算真正的"西餐"。

然后她问老莫知不知道 TGI 是什么意思。

老莫未置可否地笑了笑。

好在餐厅里人声鼎沸，即使不对话也不会冷场。

小艾从来没去过美国，确切地说，那时候她还从来没有出过国。

对那家餐厅的评价都是她听 Andy 说的，比起对那个地方和食物的喜欢，她更喜欢表现她新听来的见识。

整个晚饭时间都是小艾在滔滔不绝，老莫一直很沉默，偶尔笑笑。

晚餐进入尾声，服务生送来甜品。

那是一款被命名为"巨无霸"的冰激凌，由七八个冰激凌球和一块当底座用的蛋糕组成。

一年之前，老莫第一次带小艾来这家餐厅的时候，他给她点了这道甜品。"我从来没见过这么能吃冰激凌的女孩儿。"这是在目睹了小艾吃完那满满一盆冰激凌之后，他对她说的话。
老莫说这些话的时候，饱含着疼惜，是通常父女关系里比较容易出现的疼惜。

"你知道吗，这些啊，都是反式脂肪。"小艾拨弄着勺子嫌弃地看了一眼。
"哦，我不知道你口味变了。"老莫说，然后拿勺子在小艾面前那盆冰激凌里面翻了翻，翻到快接近蛋糕底座的部分，翻出一枚钻石耳钉。

"原来的设计不是这样的。"老莫又笑笑。
小艾愣住。
老莫接着说道："我看你打了耳洞，又只打了一边，就想着给你买一个钻石耳钉，虽然小了一点，反正你还年轻，慢慢来。呵呵，女孩子啊，一辈子一定要拥有钻石。"

后来在小艾给大家讲述的故事中，那枚钻石耳钉被她说成自己发现的。
"我的初恋事先请服务生把钻石耳钉埋在冰激凌里面，我们一边聊天一边在相互喂食，和我们平常一样。结果啊，刚好轮到我喂他，呵呵，他发现自己埋的钻石被喂进自己嘴里，不动声色，慢慢站起来，隔着桌子抬起我的脸，也不管旁边那么多人怎么看，他就用一个舌吻把那礼物从他嘴里传递到我嘴里。"

这个经过加工的版本成了很多小艾的女性歌迷指责自己另一半的参考。

不管对事实有着怎样的篡改，在那个时刻，小艾的确被感动了。

她并不知道她即将失去老莫，并不知道那是老莫为他们的告别举行的仪式。

终于意识到分手，是在老莫一两个月音信皆无之后。

小艾甚至不确定他是不是真的去了欧洲，反正，他从她的世界里彻底消失了。

在那个通信方式还没有太过发达的年代，从一个人的世界里彻底消失成本不用太高。

小艾找不到老莫。

她不知道他家在哪里，也不知道他办公室在哪里，她不认识他的任何朋友或亲戚。如果不是老莫改善了她的生活和给她留了钱，她甚至无法证明他的存在。

在小艾屡次打老莫的手机关机，寻呼机不回之后。一天，当她愤怒地在家独自发脾气打翻一个抽屉时，发现老莫把平时用的手机和寻呼机都留在了那个平常不怎么用的抽屉里。

这发现令小艾灰心丧气，原来他跟她联络使用的两个主要通信工具都是

"专属"的。

她失去了他。

"那天半夜三点，他忽然把我推醒，说：'小艾，我们做爱吧。'这是他跟我说的最后一句话。早知道是这样，我……"小艾跟 Andy 说。

在"早知道是这样，我"之后，她没说出什么。

不是她闪烁其词，是她根本没有能力想出任何挽留的对策。

"小艾，我们做爱吧。"那是老莫留给她的告别语，在那句话之后的行动也是他们之间最后一次真正的性爱。

小艾经常会想到这句话和半夜三点老莫的体温，他的手掌游走在她身体上的略有些粗糙的触感和他们出汗之后床榻闻起来的味道。

更糟的是，在老莫消失后，每隔一阵子，就会有一个人向她揭示他给她留了钱的真相。

而这些真相一次又一次把小艾拉回到失去他的懊悔中去。

于公众，她只是语焉不详地把他们的分手说成"成长的代价"。

也没有人去追究为什么。对听故事的人来说，一个故事有一个亮点就足矣。

小艾把自己的经历描述成一段令人向往的现代版辛德瑞拉的故事。

她是变成天鹅的丑小鸭，老莫是赏识她的王子。

只不过，她的成功阻碍了他们的圆满。

在小艾当红的那几年，有一次跨年演出，她翻唱了当红歌手赵传的代表作。

在唱到"我终于失去了你，在拥挤的人群中"的时候，她在台上泣不成声。

故事没有大团圆结局，令它更值得被长久地玩味和唏嘘。

人类不肯面对"遗憾"才是一切唯一的结局，令遗憾本身成了最受热捧的主题。

小艾当然不会说她的初恋是有妇之夫。

"人民"不需要真相，"人民"需要仰望编造的故事麻痹自己。

小艾的故事符合市场需要。她赶上了好时代，成了一个有成名曲、有知名度，可以靠到处唱歌和讲故事来养活自己还过得不错的艺人。

3

"成为知名歌手"并不是结局。

生活也没有在不用为物质发愁之后就变得更好一些。

"生活"就是"天敌"，当你以为自己解决了一个问题，它一定会另外再准备一串问题。

小艾从第二个本命年开始，不用为衣食发愁，也不用看人眼色拿钱了。

老莫离开她之后的好多年，小艾只做了一件事，就是到处去"走穴"。

她不愿意多回忆那段时光，因为没有多少能拿上台面去炫耀的素材。

老莫离开她之后，不久 Andy 也被迫离开了内地。

被迫的理由又是"多情"。

有那么一阵子 Andy 对他工作室门口马路转角早餐店的一个炸油条的男
孩儿很有兴趣。

那时候小艾刚失恋，Andy 经常以帮她纾解心情为名叫她出来吃油条。

有一回小艾从外地演出回来，去 Andy 工作室给他送帮他买的肉松。

小艾对 Andy 的工作室轻车熟路，径直走到里面，推开 Andy 办公间的
门，看见 Andy 正和一个眉清目秀的男孩子在热聊。

"你不认识他了吗？油条小王子啊！"Andy 热情地介绍。

等男孩儿去洗手间，小艾调侃说："所以他以前从来不洗脸吗？完全认不
出是同一个人。"

"你相信我的眼光。"Andy 伸出白皙的手指，用食指指着自己说，"我能
发现你，我就能发现他！"

这个类比让小艾略微有点难堪。

然而小艾自己也想不出什么有力的证据证明自己跟卖油条的男孩儿有什
么本质的区别。

那天以后，小艾跟 Andy 略疏远了些。

Andy 的兴致都在新人身上，没察觉小艾的疏远。

没过多久，小艾就听人说，Andy 被人联名举报了。虽然结果是私了，没惹上什么官司，但他也不再有立足之地。

临走告别的时候 Andy 跟小艾说："上一个只是'伤'了我，并没有'害'我，这次的这个，竟然还设局，既然'伤害'都已凑齐，我也算圆满了。"

又说："小艾，如果想要作品动人，就不要期待幸福。这两件事没可能并存，如果已经拥有了其中一件，就不要再奢望另一件。人活一辈子，拥有什么失去什么都不重要，重要的是不论拥有或失去，都要'甘心'。"

那是小艾和 Andy 最后的见面。

再次听到他的消息是十多年之后，那是一次娱乐圈集体举报和揭发性侵的活动，Andy 的名字赫然在册。

小艾在网上看到了那个丑闻，也看到了 Andy 的照片，他比她记忆中苍老了很多，原本的马尾变成寸头，一张脸从发际线一路垂下来，五官全都耷拉着，法令纹像不堪重负一样从鼻翼两侧挂到下巴的下缘。

小艾想起他当年临走时说过的话，这样的一张脸，很明显并没有做到他自己说的"甘心"。

Andy 走后，小艾身边来往最密切的竟然就剩下了陶源。

那是一段单调而又总是存在凶险的日子。陶源成了小艾正式的经纪人，一年帮她联系几十场演出。

两个人一起到处跑演出，一起见识过全国各地几乎所有类型的舞台和舞台背后的冲突，不管冲突本身有什么不一样的时间、地点和人物，诱因却很单一，基本都是"人为财死"。

小艾在这个由利益争夺构成的战线中疲于奔命，从一个舞台到另一个舞台，她上台唱关于爱情的歌曲，下台面对分钱的残局。

她和她的同类们常常是被人群簇拥的对象，但也最容易成为被踩踏的目标。

在见识过太多没诚信之后，小艾自己也成了规矩的破坏者。

由于不知道要相信谁，小艾选择了相信钱。

基于钱构成的统一战线，小艾和陶源成了"战友"。

有一回，他们接了一个演出，在一个两个人都没听说过的地方。

他们跟着其他两组艺人一起坐飞机到了一个城市，从机场再赶到火车站换绿皮火车又坐了几站，下了火车又搭乘一辆长途车再坐了几小时，才在第二天凌晨赶到演出的地方。

等终于进了当地招待所，小艾走进房间一打开衣柜的门，就看见一只硕大的老鼠正蹲在柜子里备用的棉被上。

小艾和那只老鼠对视了一阵，老鼠看小艾没有进攻它的意思，继续眯缝起眼睛蜷缩起来，小艾这才发现老鼠正在生产。

她轻手轻脚把柜门关上，说了句"你好好生"，就拎着行李去隔壁，推开陶源的房间门，把行李往地上一仍，说了句"我那屋有问题"，就和衣在那个标准间的另一张床上睡了。

陶源也懒得多问，继续睡觉，经过漫长的"走穴"，她跟他早已没有太多的禁忌。

禁忌是要产生在诱惑之上的，小艾和陶源之间不太存在诱惑。

他们也并非楚河汉界分得很清，在漫长又无聊的走穴过程中，也有特别绝望或喝得特别醉的那么几回，两个人就势胡来。

但也仅限于此。

他们有一个清楚的默契和共识，就是他们只服务于一个共同的目标，那就是收入，所以就算偶有苟且，也没有牵扯出特别的儿女情长。

那是颠沛的一天，但还不至于离奇。

翌日的演出是在镇上一个老戏台改造的舞台上。

报幕员带着浓重的当地口音，努力说成她理解的"普通话"，对台下的看客报上了小艾演唱的曲目，报完之后，又补充了一句"十遍"。

小艾诧异地回头看陶源，陶源一边推她上台一边嘟囔着"钱给够了，你就唱吧"。

小艾在表演到第六遍的时候，台下的两方人马不知道为什么打了起来，其中一方的参战人员抄起一个音箱砸向对方，被砸的受到启发，去抄另一个音箱，斗殴从台下迅速蔓延至台上，小艾赶紧把麦克风扔掉从台上跑下来。因为不是真唱，所以陶源并没有及时把正在放的原唱关掉，台下看热闹的没看明白为什么唱歌的人都跑了歌还在继续，来了兴致，纷纷追赶小艾。陶源赶紧拔了电源拖着小艾就跑。

等好不容易逃出，追赶上了一辆长途车，两人惊魂未定地坐在最后一排，小艾问陶源，钱到手了吗？

陶源指着自己的肚子让小艾摸。

小艾不解，伸出一个手指按了一下。

陶源说："都在这儿呢，睡觉都不脱。"

小艾说："我说呢，你怎么忽然胖了。"

陶源又说："这叫'吃一堑，长一智'。"

他说的"吃一堑"是指在那之前不久，有一阵陶源都把现金缝在一个随身携带的枕头里。有一天赶早班车起得太早，他困倦中把现金枕头落在了当地的招待所里。

等都到火车站了，小艾先下了车，她伸了个懒腰让陶源给出租车司机付钱，陶源一边下车一边不耐烦地掏口袋，忽然惊醒了似的使劲一拍脑门说了句"完了"，回头就把小艾重新推进车里，跟司机说："开回刚才那个地方，快！"

小艾立刻明白发生了什么事儿。

那四十分钟的车程，两个人一句话都没说。

直到返回前一晚住的房间，发现服务生还没来得及打扫，装现金的枕头还在原处，两个人才激动地抱头尖叫了好一阵。

从那以后陶源又换了个放现金的地方。他每隔一阵子就会换个地方存放现金，有时候连小艾也不知道。

长途车快开到火车站的时候，山路的一边忽然亮出晚霞，那晚霞以紫色和金色为主色调，像井上有一[1]的毛笔字一样带着由内而外的奔放，粗犷

1　日本著名书法家。

地泼洒出去，有种皇家才敢有的非要浪费不可的豪气，满不在乎地猛然
登基了。

小艾被这样的晚霞震慑住了。

过了一阵，不知为何，她忽然想起凌晨在招待所衣柜里生产的那只母
老鼠。

它不得不让自己陷入险境又顽强求生的样子让小艾瞬间对自己充满同情。

她也想像老鼠被她看到一样，希望这个世界上有什么人，能看到她的挣
扎，或，她希望那被称作"勇敢"。

这样想着，小艾有点失落，这个被紫金色临幸的世界上，一时竟想不出
有谁会在乎她或有谁值得她牵挂。

对了，"家人"。

"家人"在小艾的故事里外都形同虚设。

她能说什么呢，她上小学的时候父母离异，那两个人唯一的共同点是重
男轻女，所以双方在各自再组家庭之后都努力地分别生了儿子，甚至还
因此产生"打了平手"的释然，既无怨怼也不往来。

小艾始终在他们的斗争之外，输赢或释然也都跟她无关。

她从小就因为要"零用钱"而被父母互相推诿，早早就领受过亲情的不
确定和血缘的难以琢磨。

只不过，这样的隐情，在一个道德上被设立了"统一标准"的大众人群
中，容不下她这种具有"个中原委"的个体。

当真实意味着风险太高、代价太大的时候，"真实"是很容易被"大众"

和"个体"共同背弃的。

小艾成名后就把"家人"这一段封存了。

只不过在偶尔需要感慨，又想不出感慨给谁听的时候，"家人"就会出现，负责让伤感发酵。

紫金色的夕阳在一阵强势登场之后又快速式微，好像那权柄是夺来的，还没来得及稳固江山就已经遭到胁迫而动摇。

小艾有些悻悻然，转头看了看邻座捧着肚子打盹的陶源。

"你说，"她伸手推他，问，"要是哪天，我们就这么死在外面了，会怎么样？"

陶源略微换了个姿势，眼睛都没睁，咂了咂嘴说："不会怎么样，最多就是，你又能上一回新闻了，要没人给钱，也不会超过'豆腐块'。不过要真死了，没准除了娱乐版，还能上个社会版，《法制日报》啥的，呵呵。也算赚了。"

小艾说："要真是人都死了，上新闻还有什么意义。"

陶源："你看你，思维一点都不灵活，你可以诈死啊。就比方说刚才那种情况，咱俩跑到下一个县城，我就地报个案，说你失踪了。你找个地方上的招待所一躲，躲三天。等新闻先铺开了，你再出来辟谣。我再给你脸上身上搞几处淤青，编个你跟歹徒搏斗的过程。等下回赶上扫黄打黑的时候，你站出来振臂一呼，没准哪个机构还能找你当个公益代言人，啧啧，齐活。"

小艾摇头说："如果都要靠死博版面了，那也是离死不远了。"

陶源："呵呵，你以为咱们离死很远啊？再说，你以为没人用过这一手啊？"

"反正，我不能死，我都还没结过婚呢。"小艾说着，又呆了一阵，转头再问陶源，"哎，我说，如果，我到三十五岁还没嫁出去，咱俩结婚得了。"

陶源这回使劲睁开一只眼睛，皱着的眼皮里眼球翻了翻，摇摇头说了个："×。"

过了几分钟，陶源又抬起另一只眼睛的眼皮，白了小艾一眼，说："我说你啊，你就是不会算账，你也不想想，你现在挣的钱，咱俩三七开，你要成了我老婆，你挣的钱起码有我一半，再说了，哪个他妈丈夫会替自己老婆这么出生入死，我要不是为了挣钱我疯了吗？这长年累月净往这穷乡僻壤跑。你跟我结婚？那还不里外里都是你亏了。你们女的啊，就是他妈一点基本逻辑都没有。"

陶源被自己的思考折服，使劲主动咳了两声，伸手推开车窗，冲窗外吐了一口痰。

又说："你要是真有嫁人的打算，就趁自己还年轻，还有点小名气，赶紧找个贪慕虚荣的大款嫁了得了。实在不行，再找个有钱的主儿，再当一回小三也不是不可以。什么正房偏房，给你钱就是正主儿。这男的吧，你甭管嘴上怎么说，心里最爱的，永远就只有钱！如果一个男的把最爱的都舍得给你，那就证明他肯定也爱你！我看那个老莫就挺好，虽然他不算什么真大款，但给你使钱还真是不含糊，就你，事儿了吧唧的，把人家给吓跑了。现在回头想想，后悔了吧！"

看小艾不语，陶源伸了个懒腰，从包里拿出一瓶矿泉水，往嘴里倒了一口，一通漱口漱嗓子，然后把水咽下去，好像鼓舞了精神似的拍了拍肚子说："你还是想想这个吧，让自己高兴高兴，今宵有酒今宵醉，你还能唱，我还能给你找着活儿，还有人花钱听你唱，哼，咱俩这就叫前世都烧了高香了。"

陶源说得没错。

还没等小艾全然厌倦，演出市场就先行萎靡了。

眼看着走穴的频率越来越低，走穴能拿到的报酬越来越少，小艾在茫然之际，听陶源鼓动，拿出一些存款投资了一家酒吧。

两人的分工是小艾出钱，陶源出力参与平时运营，收入还按演出费的比例。

哪儿知酒吧开业还不到两个月，陶源就在店里一次阻止醉汉群殴的过程中被混战的人敲破了脑袋。

酒吧歇业，陶源住院。

陶源住院期间，小艾基本上隔天就去医院探视，端茶倒水的。病友们都以为他们是夫妻，两人也没多解释。

等陶源出院，两人一起处理酒吧关张的后续事务，小艾自始至终平静对待，没有特别追究损失。

"你丫真挺'奇葩'的。"陶源说。

"怎么了？"小艾问。

"要是我，起码得让你理赔啊。"

"你又不是故意的。"小艾说，"再说，你都受伤了，我还追究什么啊。"

"小艾，我跟你说个事儿啊。"陶源正色道。

"你说。"

"接下来我跟你说的话，绝对有可能是我脑子让人敲坏了才说的。"

小艾看了看陶源，笑了："你以前脑袋也没特别好使。"

"你那是不知道。"陶源说，"我一直没跟你说实话。"

"什么事儿你没说实话？"

"所有事儿吧。"

"哦？"

"你知道的商演不是 5 吗？不是，起码是 8。圣诞和过年那几个月，还翻倍。"

"我知道。"小艾平静地说。

"你那辆二手本田，买的时候，我挣你钱了。"

"我知道。"

"你望京的房，我也挣你钱了。"

"我知道。"

"我 ×，没想到啊小艾。"陶源换了个面对着小艾的坐姿说，"要不你跟我说说，你还知道什么？"

"我还知道，老莫让你给 Andy 的钱，够写三首的，不是一首。"

"你怎么知道的？"

"我和 Andy 是'闺密'你忘了？"

"哼，他要真是你闺密，那他怎么不给你写完？"

"他写了。"

"啊？"陶源惊讶道，"那歌呢？"

"一直在我这儿啊。"小艾说，"我怕给你了，你也不会花钱给我录，所以就一直没提。"

"我 ×，藏得够深的啊！"陶源说，"那你怎么不跟我掰面儿？"

"我跟你掰了，我有什么好处？你在，至少还有人帮我跑演出，你走了谁管这些。而且我还不知道你吗，我要真跟你掰了，我合同还在你那儿。就算你耗得起，我耗得起吗？再说，就你那个小心眼儿再加上一张破嘴，你还不到处说我坏话啊，我那点破事儿不就谁都知道了。"

"嘿！这么多年，我都没发现你这么了解我！"

小艾沉吟了一下又说："陶源，我不是了解你，我是了解我自己。我的现状是，我需要生存，这个生存，又需要你，所以呢，两害相权取其轻。再说，你不是第一个骗我的，也不会是最后一个。这没什么，你也不用在意。真有一天你贪心到超过我能承受的了，我也不会坐以待毙。只不过以过往来看，都没冲破我的底线。"

"那你是挺没底线的小艾。"陶源说，"既然你今天让我这么意外，那我也让你刮目相看一回。有这么一回事小艾，这阵子我在医院里像过电影一样，一篇一篇仔仔细细想了想咱俩这几年，说实在的，风里来雨里去，什么坏人坏事没见过？也都扛下来了。眼看着整个行业都跟以前不一样了，我呢，也就这么大能耐，我也别占着茅坑不拉屎了。这么跟你说吧，你不是当时一时糊涂让我给蒙了，跟我签了十年的合约吗？我住院期间找了一家大唱片公司把你给卖了。"

"我知道。"

"啊？这你也知道啊，我 ×，老子害痔疮你是不是也早知道了。"

"他们先找的我，说了一个钱数，让我跟你毁约。"

"我 × 这帮王八蛋。嘿，那你为什么不答应啊？"

"我答应了还有你什么事儿啊。"

"你看看你，关键时刻有心眼儿没智慧。你先答应了，等钱到手，咱俩一分，再说后头的事儿啊。"

"人家那么大一公司，就咱俩？算了吧。再说，我自己要不上价。谈钱这事儿还得你来。"

听到这儿，陶源长叹了一口气说："我这是万万没想到啊。小艾，以前我看你吧，就觉得你是命里有，赶上了好时候睡对了人又认识对了gay。现在回头看，你还是有不少优点的，不仅能忍，还嘴严。啧啧啧，一女的，只要又能忍又嘴严的都不是一般人。我以前是真小看你了。这一架打的，嘿！既然都说到这份儿上了，那我义不容辞了，必须跟他们好好谈谈，你稳住，我他妈有种预感，你这次真没准还能咸鱼翻生再红一轮。"

4

陶源在跟小艾的最后一次合作中终于做到了完全信守承诺，帮小艾谈了有利的条件。

在过了多年"跑单帮"的日子之后，小艾忽然有了真正的"东家"。

然而她并没有像陶源预感的那样，在新环境迅速"咸鱼翻生"。

接手小艾的是一家有口碑有实力的唱片公司，有过大量成功案例，对小艾也很重视。

但，不知撞了什么邪，针对小艾的所有推广都出了意外。

公司先是帮小艾重新找了制作人，把 Andy 写的那两首歌编曲进棚录音。

制作团队对这两首歌很重视：请最好的乐队，找最好的设备，甚至还在小艾录唱期间，特地从日本请花艺师用昂贵的花材把录音室布置出新歌需要的"禅意"。总之不惜成本。

好不容易全部完成，制作人结束工作后跟助手在霄云路吃了个消夜。

就那么巧，当晚制作人的车让人给偷了，小艾的新歌完成的母带在后备厢里一起不见了。

车的损失能找保险公司，但母带的损失不属于理赔范畴。

唱片公司在评估成本和风险之后，实在不愿意立刻出钱再录一版。

负责小艾的企宣团队提出第二方案，说要不先出本书，书成本低，先用低成本的跑跑校园聚聚人气。

小艾对此没有意见，虽然心里对新歌期待已久，但以她对自己的信心，也没有勇气争取立刻重录，因此听团队安排，接受了"出书"的决定。

说是书，其实就是个本子，里面有一些到处摘抄的心灵鸡汤，配上公司给小艾拍的一些文艺调性的宣传照。

小艾开始按计划到大学跑宣传。

头两场还挺顺利，公司找造型师给小艾设计的那种长发垂肩、白衣飘飘抱着木吉他唱歌的调性在校园中很容易就受到了欢迎。

宣传团队看好时机，迅速谈成了一个赞助商，不仅每场能给到小艾商演的价格，还现场送精美礼品。

然而，正是因为赞助商送的那些所谓"精美礼品"，导致活动现场有几个学生被踩伤。

后续又说被踩伤的不是学生，而是扮演成学生模样专程混进来领礼品的社会闲散人士。

这么一闹，不管被踩伤的是谁，反正小艾的校园宣传是做不成了。

没新歌，校园活动又搁浅，只能另辟蹊径。

一位负责宣传的小姑娘在跟相熟的媒体多次开会之后提议说，要不先给小艾编点绯闻发发稿。

理由是，"大家都觉得情歌背后一定要有故事"。

小艾当时既有的知名度不足以博版面，团队就想办法给她量身定制绯闻。

经过多次会议的讨论，大家把小艾的绯闻目标锁定了一个因为写励志鸡汤文蹿红的男作家。

谁知道通稿才刚写好，鸡汤男作家忽然宣布出家了。

团队受到打击，请了一个业内资深人士当参谋，参谋的意见是："稿子写都写了，大不了换个男主角发呗，反正都是编的，往谁身上说还不是说。"

隔天小艾那个绯闻的主角换成了一个当红球星。

那个球星球踢得好人长得帅，又是单身，很受追捧。

团队内部讨论热烈，一致认为"向来文体不分家，一个唱歌的和一个踢球的，看起来就有故事"。

等通稿改好，宣传先给了一个相熟的娱乐版编辑，那个编辑看完稿子在电话另一头揶揄宣传说："你们真是'命好'，这哥们儿今儿早上刚宣布跟一认识一周的女球迷闪婚了，我们才发文字稿，还在等照片呢。你说，万一这篇稿子昨天你给我，我给你发了，那还不成了个大笑话了。哈哈哈。"

小艾的宣传团队败下阵来，一时半刻实在想不出新点子了。

按照合约规定，头一年小艾得有作品。

于是老板发话，让制作团队安排小艾跟公司签约的另一个男歌手录一首合唱。

这次录制没有胎死腹中。

新歌一出来市场反响还不错，老板一高兴还追加了一笔宣传费。

母带没丢，不用发假消息，合作的人没死没伤没出家没闪婚。

小艾松一口气。

哪儿知道买榜的钱才刚花出去，跟小艾对唱的男歌手就因为吸毒被抓了。

新歌不能继续推，花出去的钱又收不回来了。一个已经收了小艾他们公司宣传费的媒体找了个折中方案，在那年年底的颁奖礼上，巧立名目，给了小艾一个奖项。

谁知道就算是这么一个看起来万无一失的办法，竟然也没能保证顺利完成。

那个颁奖礼进行过半时，由于其中一个获奖者的"不当言论"，那个颁奖礼的整场新闻都被全线封锁。

小艾的确领到了那个奖，但领了一个不能对外宣传的奖。

带小艾的宣传在崩溃之前想出最后一个主意，说就算领奖的内容不能用，她也要把颁奖礼后台的一个组合怎么在化妆间欺负小艾的内容发布出去。

"如果不能结盟，我们就走树敌路线。这个组合在上升阶段，能跟他们扛上，也能吸引一些关注。"

宣传人员似乎是有备而来，在公司讨论会上颇有些得意地拿出录音笔，放了一段录音给大家听。

录音的内容是那个组合旁若无人地批评了很多当晚获奖的艺人，其中就有对小艾不加掩饰的揶揄。

"他们肯定没想到都让我录下来了。"宣传人员胜券在握。

也许是天意，就连这么个"下下策"最终也没能实现。

那个气焰嚣张的组合，不仅看不上行业里的其他同人，也彼此看不上。在颁奖礼之后不久，两人就宣布解散了。

小艾的宣传向媒体曝光的那段录音，被很多地方引用，当作他们攻击其他艺人的证据。但经过剪辑的录音当中，只保留了当红的几位，跟小艾有关的部分都被剪掉了。

录下那些对话的宣传，还因此有了"黑历史"，被很多活动列进"黑名单"。

那个宣传在公司哭了三天，大家一边安抚她，一边对小艾产生了些许非理性的疑惑。

虽然在小艾所属的这个行业，她经历的每个事件单独看都不算太离奇。

然而，短时间内这么多意外在一个人身上集中爆发还是相当诡异的。

唱片公司内部无法从事情本身找到合理性，就开始试着从其他维度找原因。

公司高层陆续找了风水师、星盘师、开天眼的等几位异能人士看了小艾的长相、要了小艾的八字，还问了一些问题。

有"家里祖坟现在何处？""祖上有没有谁经历过血案？""有没有狩猎过狐狸或乌龟？"之类比较传统的问题，也有"近期有没有吃过来路不明的食物""有没有获赠过不寻常的饰物"或"有没有被陌生人摸过头"之类剑走偏锋的问题。

等小艾再去公司，发现她的海报被独立挂在了一个明显经过一番布置的地方，那地方附近摆了一些看上去像从潘家园淘来的物件，物件上都带着刻意藏纳的老泥，和小艾照片里那张刻意表现孤独的脸呼应出一派廉价的沧桑感。

与此同时小艾也被告知，她对外使用的名字，要从"艾"改成字母"Ai"。

小艾对此没有异议。

对她来说，一切能让她保住饭碗的行为都属于"正当行为"。

然而，就算小艾对一切都配合，她也万万没想到，事态比她想象的还要严重。

不仅公司暂时不会给她安排宣传，没有演出商找她演出，而且，她的奇怪遭遇不久就以最快速度在整个行业被口口相传。

在"娱乐圈"这么一个一贯奉行捧红踩黑、恨人有笑人无的行业，像小艾这样发生了那么多"诡异"事件的"奇葩"，当然很容易被当成谈资，尤其是当众人看不出她有任何背景值得忌惮和她有任何翻红的可能时，那种放肆的轻蔑简直就成了理所应当。

小艾在家待了一个月。

那一个月，她每天都像强迫症一样到网上的各个角落去搜索那些关于她的传言。

那是小艾人生的谷底。

在给 U3 当"果儿"的时候她没有崩溃，在给老莫当"小三"的时候她也没崩溃，甚至在像唐僧去西天取经一般不知道下一站会冒出什么鬼怪的演出之路上，她仍然没有崩溃，这回，她崩溃了。

在看了一个月关于自己的那些越来越离奇的流言之后，小艾自杀了。

可是，她没死成。

不知道是小艾吞服的安眠药数量不够还是药品质量有问题，总之她在药物已发生作用的迷糊状态还接听了一个电话。

给她打电话的是公司给她配的助手，助手找她是为了领当月的工资。按公司程序规定，那位助手的工资必须要有一个包括小艾在内的负责人签字的工作单才能领取。

其他人都签了，就差小艾。

作为一个"月光型"的年轻人，小艾的助手已经穷到当天晚饭都没钱买的地步，只好硬着头皮往小艾家打电话。

小艾因此意外获救。

同时获救的，还有小艾的事业。

两周后的一天，小艾还在休养，她的宣传打电话跟她说杨澜的知名访谈
节目《天下女人》要做一期抑郁症的主题，得找个"稍微有点知名度
的""忧郁而不负面的""看上去有可能被治愈的"人当访谈嘉宾，小艾
是嘉宾候选人之一。

"可我没有抑郁症啊。"小艾说。

"您是没有，不过，姐，您不是都，那什么，自杀了吗。"宣传说。

"哦。"小艾回答，"我那是真想死，和抑郁症的自杀不太一样。"

"这无所谓吧。"宣传着急道，"姐，杨澜这么大的主持人应该镇得住，你
想想，这种播出平台，那么多人能看到，多难得啊。"

"那更不应该误导别人吧。"

"这怎么是误导呢？是劝人积极。况且，如果咱们不去，一堆想去的还等
着呢，也不敢保证他们都真有病吧？再说，我们大家都觉得吧，这回应
该不会出什么情况了，毕竟是杨澜，应该什么情况都镇得住。"

小艾没问"镇得住"什么。

她对这样的弦外之音既不意外也没有悲愤，除了继续无条件配合，似乎
也没有别的选择。

令小艾意外的是，那期节目播出效果特别好。

节目当中，小艾按照团队的意见，重点讲述了她和老莫的"初恋"，并把
老莫的离开说成她抑郁症的诱因，把老莫离开造成的冗长的伤怀说成她

看起来常年郁郁寡欢的理由。

那是一个听起来相当痴情的关于"遗憾"的故事：一个被"遗憾"浸泡的女性唯一的出路只有"摧残"自己，还把自己摧残得楚楚动人。
这故事的内在逻辑很容易引起广泛共鸣，毕竟这个世界上，把过不好的理由强行推卸在他人身上的女性大有人在。

小艾因而重新获得关注，她的"初恋故事"也从此成了她的变体的"代表作"。在节目之后，多个类似《知音》《故事会》这样的杂志对她的故事做了转载。多少年之后，在网上搜索小艾还能自动联想出"遗憾"。
一度她成了"抑郁症"的代言人，同时带动起一股不算太弱的风潮，让"抑郁症"被热议，很多文娱界的活跃分子都站出来说自己曾经是抑郁症患者，经过众人一阵七嘴八舌的添砖加瓦，"抑郁症"一时间成了时髦的文化符号，坊间想跟文艺沾边而竟然没得过抑郁症的人都自惭形秽了。

这是一个始料未及的阶段性结果。
公司团队因此放松了对小艾的戒备，连她在会议室用过的纸杯也不会像以前那样被悄悄收起来单独销毁。
小艾的工作，经过诸多波折，总算回到正轨。

5

转年节后，小艾所属的唱片公司接了一个公益歌曲的项目，公司里签的
歌手每人唱几句，MV 也是分开拍摄再剪辑合成一支。
给小艾那几句配合画面演出的有一位年轻男演员。
男演员的名字是郁隆洋，那阵子他演男二号的一个电视剧收视率不错，
他正从寂寂无名的小演员快速成为走在大街上会有人指着他特急切地嚷
嚷"哎！你是不是那个谁？"的那种"明星"。

猛然之间的扬眉吐气让郁隆洋有点惶恐。
大部分人都认为只有"失去"会让人惶恐，实则"获得"也会。导致惶
恐的不是"得"或"失"，而是"变化"。
彼时郁隆洋处于变化的惶恐中，为了掩饰惶恐，他时刻用力保持冷漠。
小艾对郁隆洋的冷漠没太在意，她对娱乐业的势利眼习以为常，她把郁
隆洋的冷漠理解成因为他正当红。

那支 MV 在一个建筑工地取景，计划一天拍摄完成。
开始进行得还算顺利，等到了下午，MV 导演临时起意，让小艾和郁隆
洋登上工地前面的一堆沙土，说有个角度"光特别好"。
摄影师带着灯光在沙土附近搭好高台，各部门刚就位，准备拍摄。

忽然，工地上不知道从哪儿冲出一队人马。

那队人马当中领头的给了个示意，他手下就有一个人冲上去先把录音助理手里拿着的麦克风抢下来摔在了地上。接着领头的拿出一个喇叭，对着摄制组吼了一通，意思是指控他们未经允许就侵入了他的地盘。

摄制组方面对接该楼盘的人赶紧站出来解释，说这个拍摄是经过开发商允许的，边说边赶忙拿出书面证明。

那个领头的一听，把喇叭一扔，阔步登上沙堆，跺着脚喊道："他们允许你们进工地，谁允许你们碰我的沙子了？我今天就问问，谁有这个权利碰我的沙子？！"

问完这几句，那人又一个眼神，队伍里蹿出他的另一个手下，拿了把刀反手把摄影助理手里正扶着的一个反光板划了一条大口子。

这两个下马威把制作团队吓住了。

前来寻衅滋事的一看他们从气势上赢了，得意地从沙堆上走下来，站在摄制组的人群对面，叉着腰大声问了句："你们，哪个是负责的？"

听到这个疑问句，小艾他们这一方几乎所有人像排练过一样，集体往后退了几步。

说"几乎"，是因为小艾没退。

也许是小艾过往走穴的经历已经让她对地痞流氓产生了免疫力，当整个MV拍摄团队男性占多数的一群人都忙不迭地往后退时，小艾留在了原地，并独自跟对方领头的展开了一番斡旋。

最后双方达成了以下协议：摄制组给对方三千块现金"误工费"，承诺给对方两张周华健演唱会的门票，承诺届时带拿喇叭的那个人去后台跟周华健合影。

在小艾斡旋之前，拿喇叭的已经让手下抢走了摄影器材并提出"拿十万块钱来换"。由于小艾成功地把对方要的金额从十万变成了三千，她成了传奇人物。

"那个地头蛇开始说绝不砍价，后来愣被艾姐说成三千！艾姐太牛了！"
"他们一群人身上都带着刀，见什么砍什么，真不夸张，咱们再多说一句，这帮流氓就该砍人了！"
"要我看那些人就是黑社会！人家来收保护费的，要不是艾姐，估计咱们就两条出路：要么对方说多少给多少，要么另外找地方重拍。"
"没想到艾姐对付这种地头蛇还挺有办法，瞬间从女文青变身大姐大了！"
"艾姐站在沙堆上，白衣飘飘，被阳光照下来，那剪影简直就是埃及艳后！"
"那段应该拍下来，比那个导演设计的剧本桥段好看多了！"

小艾并没有预料到她的举动会让她在公司迅速建立威信。那个"突发状况"是她走穴那几年的"日常"，小艾知道怎么跟"收保护费"的人交涉。她很清楚，每个人都有欲求的短板，只要找到对方的短板，就能找到解决问题的方案。
有意思的是，大部分针对"娱乐事件"收"保护费"的组织，本身都对"娱乐"充满好奇。

所以，那天在现场，小艾没经过几句对话就发现对方的"短板"是"周华健"。

而弄到周华健的演唱会门票和合影机会，对小艾来说并非难事。

同时她也清楚，但凡想在"江湖"里长久混迹的，都需要基本诚信。不久之后，当周华健到那个城市巡演时，小艾果然动用人脉安排了门票和合影。

拿喇叭的达成心愿之后跟小艾说："从今天起，你就是我姐们儿，在我的地盘，你不要说拍个沙堆，你就说你想把哪儿变成沙堆，只要你指得到，没有我做不到的。我就佩服敢作敢当说话算话的！"

那支 MV 有惊无险地如期完成。佩服小艾的除了制作团队之外，还有郁隆洋。

等 MV 宣传的时候，他们又见面了，再之后，他经常约小艾见面。

"你一定不相信，你是我唯一的朋友。"郁隆洋对小艾说。

"我信。"小艾回答。

"哦？"他不解。

"你比我强，我一个朋友都没有。"她苦笑。

"那我再努力一点，让你和我一样。"他说。

这种"朋友"的关系维持了一阵，大概是郁隆洋的运势来了，他出演的戏又火了两部，他也正式步入"一线"，成为被追捧的当红小生。

小艾参与演唱的 MV 因为有郁隆洋的出演，也备受关注。

郁隆洋自己并没有更适应"当红"，他对小艾的依赖有增无减，小艾也因此知道了他很多秘密。

"我就是没兴趣。"他说，"不论女的还是男的。"

"那是一种什么感觉？"小艾好奇地问。

"就是，嗯，怎么说呢，比方说有人吃素，你说那是因为他吃不起肉吗？不是，是他失去了对肉的兴趣。对，就是这种感觉小艾，吃素的人是失去了对肉的兴趣，我是失去了对肉体的兴趣。"郁隆洋认真地说，"我并没有克制，我不需要克制啊，我一个单身的，睡谁也不犯法。但我没兴趣，我除了对我自己，剩下对谁的身体都没兴趣。"

"你去看过医生吗？"小艾问。

"干吗看医生？我没病啊。我功能都正常，就是不想对别人使用。没兴趣我又不痛苦。"他说，"再说，以前没想过问医生，到现在，我哪儿还敢看医生，藏还来不及呢。"

"你放心，我不会跟任何人说。"小艾道。

"我跟你说这些，就是知道你不会说，你自己也是艺人，你知道秘密对艺人的重要性。再说，就算你说了，就我这一身腱子肉，谁信啊？呵呵。"郁隆洋说着比了个健美运动员的姿势。

郁隆洋说得没错。

小艾跟他去过健身房，见过他裸露的上半身。那是一副一看就知道是经过长期严格管理的躯体，骨骼和肌肉精确、健美而又适度收敛的分布都显示着这副躯体的主人不同寻常的毅力和自控力。

郁隆洋的确是个有毅力和自控力的人，但上天总是会设置一些出人意表的困难，让人在克服了这一些的时候，必须再去面对另外的一些。

"对男女都没有兴趣"虽然没有成为郁隆洋自己的问题，然而，不久之后，各种男女都对他的那副接近完美的躯体产生兴趣就成了他迫切需要面对的问题。

有一回郁隆洋从外地拍戏回来，跟小艾约了个晚饭。吃饭的时候郁隆洋跟小艾说他正拍的这部戏的一个投资方玩命在追他。

由于追求的情节曲折，还要提防隔壁桌听到，整个晚饭时间都没讲完，饭后郁隆洋约小艾去他住处接着讲。

那不是小艾第一次去郁隆洋的住处，但那是他们第一次被拍到。

第二天娱乐版报道了这个消息并附上照片。

照片不仅有他们在饭桌上交头接耳的，还有他们共同在郁隆洋家车库左顾右盼的。

单以照片来看，两个人的关系确实不像特清白。

小艾的宣传团队激动地约她到公司开会商量对策。

经过投票，大部分成员认为这个事件对小艾的形象利大于弊。公司又赶紧追发了消息，编造了一个从拍摄 MV 那天起就"一见钟情"的"姐弟恋"的故事。题目是《当好看的外表遇见有趣的灵魂》——小艾是"有趣的灵魂"。

"发这个之前是不是得问一下郁隆洋啊？"小艾问。

"别问了姐，他要问你，你就说你也不知道是谁发的。"宣传说。

作为郁隆洋"唯一的朋友"，小艾觉得良心上过不去，她还是特地找他出来向他坦白了。

郁隆洋听小艾说完，沉吟了半晌，忽然说："要不，我们结婚吧？"

小艾愣了，这个提议倒是她完全没想到的。

"我是这么想的。"郁隆洋把他的"想法"说了一遍。

郁隆洋整个的构想逻辑清晰，听起来不像是临时起意。

"对，我想了挺长时间的，结婚对咱俩来说是个双赢的选择。"郁隆洋又强调了一下，"所有的事儿，想稳固，必须得双赢。我替你想了，这事儿对你我都有利。"

在那之前，小艾幻想过无数次自己被求婚的画面，所有时间地点人物和对白她都想过，但郁隆洋的这个提议，还是突破了她的想象能力。然而，她一时竟然想不出什么反驳的理由。

后来的几年，他们共同经历的事实证明郁隆洋对这门婚姻的大部分判断都是准确的。

他们俩宣布结婚在那年年底娱乐媒体总结的"十大娱乐新闻"中排名第五。

一切"民调"的走向都是按照郁隆洋"求婚"时设想的那样，他们的婚姻，是一个双赢的"举措"。

在这个"举措"中，他们赢得了一些希望赢得的，也规避了一些想要规避的。

郁隆洋主要需要规避的是拥有各种势力的人对他的追求。

在他们婚前，某一天郁隆洋从手腕上摘下来一块金表，摔在他面前的餐桌上，对小艾说："这是我上回跟你说的那个大叔送的。"

小艾拿过那块金表看了看，笑说："出手都够豪的啊。"

郁隆洋点了根烟叹气道："都不敢惹啊。"

两年之后的同一张饭桌上，郁隆洋再次跟小艾提到那个送他金表的大叔。

这回是因为大叔被"双规"了。

"幸亏当初他送的那套房咱没要。幸亏结婚之后有借口躲他远点，你说说，啧啧，这多悬啊。"

郁隆洋发出理智的慨叹。

对于和郁隆洋的婚姻，小艾的角色始终是被动的。

"可是，你不爱我啊。"

小艾在他们完成了理智的讨论后还是没忍住地说出了这一句。

"我呢，是个演员。"郁隆洋说，"我所有的情爱，都在我演的戏里面。你呢，是个歌星。你说，就咱俩那点人生感悟，比得上哪个编剧呢，还是比得上哪个音乐家？为什么我们要把有限的时间浪费在那些鸡毛蒜皮的事儿上？你说，戏里什么没有？歌里什么没有？"

小艾再次被问住了。

"你的人生是为了追求什么？幸福？快乐？成就感？如果是，那我告诉你，我们的婚姻里，这些都会有。"

"你看哈，我们现在有点钱，也有点名。如果我们俩组合之后，会有更多钱和更多名,为什么不要?"

"那,你为什么选我?"小艾纳闷道。

"首先,我不讨厌你。小艾你自己也是这个行业的人,你也清楚,就咱们这行业,就那帮人那德行,遇上个真心不讨厌的,容易吗?不容易啊!"

看小艾默默点了点头,郁隆洋又继续说:"其次,我说了,你是我唯一的朋友,咱俩知己知彼,我也会努力成为你唯一的朋友。我肯定会对你好。一个'太太'需要的一切,衣食住行,我保证让你用上最好的。这么说吧,咱俩除了不能睡,夫妻之间其他的事儿,都能做到最高规格。再说了,反正很多夫妻也都不睡对方了,在咱俩的婚姻中,只有多没有少。"

"你经纪公司同意吗?"

"同意啊,他们觉得特别好。你想想,人民会希望我选什么?金童玉女?那太情理之中了,而你不一样,你是意料之外。我选了你,大家会觉得我不是那种只知道看脸的肤浅的人。你选了我,会给你的歌迷带来希望——我公司有分析数据,你的歌迷大部分是大龄女青年,我绝对是这帮人的幻想对象,所以你得到了我,你的歌迷就更能意淫了。年龄方面,你比我大,大家会觉得我是特有责任感的那种人,而这种年龄差距还能让你自然而然重启少女感,你想想,你走的是文艺路线,文艺路线怕什么?怕老啊。姐弟恋起码能让你显年轻,多文艺好多年。咱俩两全其美,咱俩的 fans(粉丝)获得充分满足,多好!"

小艾看着郁隆洋在自己面前滔滔不绝,忽然有种灵魂出窍的感觉。

"小艾，娱乐圈，男演员，像我这么有脑子的不多。我们一定会成功的，你要珍惜。再说，你难道不想结婚吗？如果想结婚，你有别的选择吗？那个选择一定会比跟我结婚好吗？"

郁隆洋的最后三连问，击中了小艾的软肋。

他们结婚了。

"会不会红，是一个人的'命'，能红多久，就要看这个人有没有脑子，够不够'拼命'。"

这是郁隆洋的宣言，也是他的人生信条。

可贵的是，他是个知行合一的人。

他一切的行为选择都是以"红"作为标准。不论是他选择和小艾结婚，还是结婚之后他们的共同发展。

私生活层面，郁隆洋不是同性恋，小艾也不是"同妻"。

在两个人做"夫妻"的那几年中，虽然他们彼此没有实质的性，但小艾的确也没有发现郁隆洋跟其他人有任何桃色事件，不论跟女人还是男人。

对公众而言，他们两个人是合法夫妻。

对他们自己，他们是一个有着情义基础的利益捆绑"团队"。

经过不断练习，两个人配合越来越默契，在陌生人面前演绎着"好先生""好太太"和"完美婚姻"的戏码。

他们对待婚姻像经营一个品牌，售卖的"产品"是爱情，他们了解市场需求并满足了市场需求，他们从中获利并令对方升值。

郁隆洋把深情和冷漠熟稔地用在各种角色里，让自己成了一个无负盛名的好演员——在戏里演，在生活里也演，大概是因为他的投入，经过这桩婚姻，郁隆洋从"当红小生"升级成了"完美先生"，小艾的情歌也因这段婚姻再次翻红。他们得到更多拥趸，拥戴他们的人获得高度满足。

也不能说这是欺骗，甚至都不能说他们不爱对方。

在这段关系中，小艾和郁隆洋之间有"信任""友谊"，这些都是爱的变体，甚至是爱的真谛。与此同时，他们"令对方增值"，这是多数普通夫妻向往而不可及的，难道这些不才是婚姻的精髓吗？

如果有"遗憾"，那就是，作为"爱情制造者"，小艾的这段婚姻跟爱情全然无关！

可要说这也没什么可抱怨的，天底下又有多少夫妻的婚姻后来还会跟爱情有关？

小艾践行了郁隆洋的"婚姻论"，他们联手为公众奉上了关于婚姻的神话。

然而，"神话"持续了三年半之后，还是结束了，结束在小艾的主动选择中。

6

那年夏末，有一天傍晚，小艾和郁隆洋一起去参加一个明星的生日饭局。该明星当天在同一个地方一共组了三个局，第一个是下午茶，参加的人是在业内咖位更低的小演员和业外那些觊觎娱乐圈的小生意人。这些人在正餐开始之前完成了"放下礼物"的"朝拜"仪式，逐个拍了能发朋友圈的合影就被打发走了。

第二部分是正餐，与会者是这个明星想巴结的"上游"，由掌握权势和资源的人物构成，整个晚饭主要是该明星的答谢加攀附。仿佛他把下午收到的殷勤吞下去，在体内合成精华又吐出来，奴颜婢膝地奉承在能左右他名利的台面上。

饭后第三部分酒局，来的人都是和该明星"江湖地位"差不多、势力收入旗鼓相当的一群人。

郁隆洋和小艾属于这一类。

酒局地点在丽都的一个带院子的意大利餐厅，据说老板是李亚鹏，因此餐厅经常出没各种大小艺人，也常年埋伏着一些给媒体提供照片的"狗仔"。

很难说艺人们选择到这类地方到底是怕被人看见还是怕被人看不见。

那天也是这样，寿星招呼了二十几位各路艺人，在露天的院子里推杯换盏，一众人等行头炫目，又有些刻意地谈笑风生，相当引人注目。

小艾的座位背对着院子，郁隆洋的手搭在她肩上，时不时抚摸她的头发，或游走到小艾的脖子附近，用他带着弹性的指肚以书法行草的力度划过小艾的皮肤。

郁隆洋的这些动作只是例行公事。他的手在小艾身上游走停留足够长的时间是为了确保"偷拍"的人能抓到有效图片。

作为一个合格的自恋者，郁隆洋像斋戒一样通过跟小艾的婚姻成功杜绝了这个世界上的其他肉身。小艾成了人世间在拍戏之外唯一能触碰郁隆洋身体的人，当然，前提是这些触碰只能发生在外人面前。

可小艾不是。

虽然她努力地配合这场旷日持久的维持"人设"的演出，但始终无法真的理解他对肉体的禁忌或是说怪癖。

作为一个有着正常七情六欲的女性，她越来越不知如何应对郁隆洋摩挲她身体时激发起的原始欲望，哪怕是在众人面前。

事实是，他们在两个月前刚因为同一个原因陷入僵局。

那天晚上，郁隆洋正在健身房健身，小艾换了一件性感的运动装出现在他面前。

郁隆洋回头看了一眼小艾，不解地问："你干吗？"

在那之前两小时，他们两人刚去参加了一个品牌新品上市的活动。

两人受邀坐在第一排中间，整个活动期间，郁隆洋一只手跟小艾十指相扣，另一只手则一直放在小艾腿上。

郁隆洋的手非常好看，既骨感又有肌肉，每个骨节都有明确的但又柔和的弧度，手指的长度和手掌的宽度配合出修长但不失坚实的线条，加上干净的指甲和水滴感的指肚，是那种放在任何一件乐器上似乎都能随时演奏出一段巴赫的可以当手模的手。

郁隆洋自己也知道他的手好看，所以他总是恰如其分地调度它们。

他说话的时候会有恰到好处的手的动作。不说话的时候会把手看似不经意地搭在一个刚好可以"展示"的地方。

只要小艾和他同行，小艾就是他的人形支架，专供他搭手用。最常放置的地方就是小艾的肩膀或大腿。

有时候，为了刺激观众的肾上腺，郁隆洋的手还会在小艾这个人形支架上摩挲。

郁隆洋对看客的预判总是准确的，他的手放在小艾身上的照片不断出现在娱乐新闻中。

他唯一没想到的是，作为对手戏搭档的小艾，并不像他那么心无旁骛。

"抱我。"小艾说。

在郁隆洋冷冷地问出那句"你干吗"之后，小艾笃定地提出要求。

"别闹。"郁隆洋说，"我得赶紧练，刚才真不该喝那两杯香槟。"

说完继续转身去挂杠。

小艾不理郁隆洋的拒绝，继续走近，在郁隆洋吊起的身体旁边效仿着他白天的手法，用手划过他的身体。

郁隆洋像被电了一样从杠上跳下来。

小艾靠过去，伸手拉起郁隆洋的一只手放在她的脸上，又顺着脸一路往下，路过她的脖子、胸和小腹。

郁隆洋那只能随时当手模的好看的手上有些运动后的汗水，然而，是冷的，它在被动地被牵引到小艾的小腹时及时抽回了。

"我就这么没魅力吗？"小艾捧着脸哭起来。

郁隆洋凑过去，帮她擦了擦脸上的眼泪，说："不是你的问题，这事儿咱俩不是早都交流过了吗？不是我不睡你，是我谁都不想睡。"

"我不信你每天当着人摸我会一点感觉都没有。"小艾说。

"傻瓜，要是真有感觉，我一个男的，还敢那么肆无忌惮？"

"可是我有。"

"别啊亲爱的，咱俩那是在工作啊，你忘啦？"郁隆洋恳切地说。

"我知道，可我就是有感觉，你让我讨厌我自己。"小艾又哭起来。

"是我不好，那我下次注意点。你别哭啊。"郁隆洋安抚地拍着小艾的背。

"我快受不了了隆洋。我们怎么办？"小艾哭着问。

郁隆洋把小艾放在自己健壮的臂弯里，在她耳边说："老婆，要不这样，你如果这么有需要，你可以找别人。"

小艾从郁隆洋怀里挣脱，坐直身体看着他。

郁隆洋也看着小艾，认真地说："我没开玩笑，真的，我特别理解，而且我一点都不会怪你。但是你要找个嘴严的，注意安全，不能让别人知道，尤其是媒体。我也希望你快乐，真的。"

小艾抬手擦掉脸上的眼泪，好像调整焦距一样又往后挪了挪身体，皱着眉头问："隆洋，那你快乐吗？"

郁隆洋松开揽着小艾的手，笑了笑，说："小艾，你所谓的'快乐'早就不能给我带来快感了。我的人生不只是为了快乐。"

郁隆洋说完，两个人都静止在原地认真地看了对方一阵。好像他们是急需认识的陌生人，又好像，那是一场戏剧中一幕的结束。

和多数成功者一样，郁隆洋全身汗水，和多数多情者一样，小艾一脸眼泪。他们的共同点是都看清了自己人生的得失，不同在于，他欣然接受，她不肯罢休。

尽管有这样推心置腹的对话，也并没有解决实质的问题。

在经历了一段不算太短的稳定的名利双收之后，小艾开始陷入痛苦。

痛苦的小艾那天正在人群中例行演幸福。

在跟一群和她一样当红的明星推杯换盏的时候，她抬起头，在她面前不远的玻璃屋的反光中看到自己。

小艾对着那画面忍不住想：眼前的这场景，简直是连她自己都忍不住要向往的生活。

她比过往任何阶段都要更美。除了各种昂贵的医美技术和化妆品在起作用之外，她的美还因为她具有一种之前从未有过的从容。

那是拥有足够财富和获得足够尊重的人特有的从容。

那也是"对社会有交代"的女人特有的从容。

玻璃反射的画面中不仅有从容的小艾，还有她身边坐着的风华正茂的郁隆洋。

这个在任何舞台上一颦一笑都能引发无知少女尖叫的男人，从演给外界看到的画面中，他是完完全全属于小艾的，不论从情感关系还是从法律层面。

这个属于她的男人帮她赢得了更多财富和名声，让她成为被艳羡的焦点。多数快感都来自他人的艳羡。从这个角度上说，郁隆洋给小艾制造的快感是持续且高强度的。

小艾看着玻璃反光中的这个她熟悉的灯红酒绿的画面，也看到周围无数目光在无声地追随。

她已习惯了他人眼光的追随，她所有当众的行为都会以略微慢四分之一拍的速度进行，好让艳羡的人看清楚，证实他们追随的有多值得。

可就算是活在如此华丽的当下，她还是清楚地感到一阵阵寂寞袭来。

小艾仰起头喝了一口香槟，想试着像往常一样用酒精压一压寂寞。

忽然，她的余光捕捉到一个人。

那个人在几米之外的另一桌，正望向她，他望着她的样子很笃定，不同于倾慕她的小粉丝，小艾忍不住转头去看那人。

当她看清他时，她怔住了。

那个人是老莫。

几天之后，在一个私密的会所茶室，小艾约老莫见了面。

像小艾这样的"名人"，要找到谁也不算难事。

"你过得好吗？"她问他。

老莫没有回答，反问："你呢？你过得好吗？"

小艾的眼泪掉下来。

几周之后，在洱海边上的一家民宿，小艾和老莫躺在水边的吊椅上。

电台正在放《时间都去哪儿了》。

等歌放完，老莫感慨地说："这真讽刺，我太太在世的时候，我们是婚外情。她走了，我们还是婚外情。"

小艾没接老莫的感慨，问道："你想过跟我在一起吗？"

老莫说："想过。"

小艾对着天空点了点头说："那，我们在一起吧。"

小艾提离婚那天，郁隆洋正在为"限娱令"烦恼，听了小艾的话，郁隆洋抬起头，看着小艾。

他的脸与小艾的脸只有不到两米的距离，他的眼睛对着她的眼睛，可他的眼神分明在不知道多远的另外一个空间，好像小艾是一个透明体，他无法在她身上放置他的注视。

小艾说："离婚，会对我们，有很大影响吗？"

郁隆洋回答说："也不会吧，现在出台了'限娱令'，估计近几年也没什么平台能拍大钱找咱俩录真人秀了。你不愿意接受人工授精，我跟你以后就接不了任何亲子类工作。咱们国人又还是老思想，喜欢'大全和人'，没个孩子，能演的戏码也有限。我看以后啊，还真是又得实打实靠自己了。"

小艾问："隆洋，你会怪我吗？"

郁隆洋把目光的焦点从不知道何地调回来，仔细地放回小艾脸上，笑了笑说："如果你接了一部戏，戏拍完了，不管演好演坏，你会怪跟你演对手戏的搭档吗？呵呵。"隔了几秒又说："真要离，就认真挑个好时候，别浪费了。我看，就11月吧，你不是年底想开演唱会吗？我那个贺岁戏也快定档了。"

说完又继续埋头刷手机去了。

那年11月中，小艾和郁隆洋对外宣布了离婚的消息。

跟这个消息相关的每一个布局，都是两个人各自带着自己的团队一起讨论的结果。

包括提前多久约狗仔拍"疑似"照，什么时候放流言，什么时候两人开始不戴婚戒，什么时候出门故意显得很邋遢，什么时候正式对外发消息、发什么内容、谁先发谁跟发，以及这些消息怎么配合郁隆洋的新戏和小艾的巡演、需要邀约哪些"圈内好友"发表感慨，都是核心顾问团集思广益的结果。

小艾在深秋之后成为一个国外关注野生动物活动指定的亚洲名人，跟着纪录片团队跑了几个国家，以图片和视频中动物们受伤的惨状揭露人类的残暴。

郁隆洋则成为关注抑郁症的公益大使，和几位健身专家一起到处推广怎么样用有氧运动解决心理健康的问题。

"最初接受这个工作，是因为我太太，哦，我前妻，抱歉，习惯了这么称呼她。"

郁隆洋说着，低头哽咽了几秒，台下他的粉丝团像通电了一样齐声尖叫。

郁隆洋在尖叫声中仰头对着斜上方大概 15 度的样子眨了 15 秒眼皮，并接过主持人递来的纸巾擦拭了眼角，做出强颜欢笑的表情继续说道："接受这个工作，是因为我的小艾，她曾经深受抑郁症之苦。而我们在一起的这些年，因为我持续不懈地陪伴她进行有氧运动，亲眼见证了她一天天身心更健康。虽然我们……我们不再是夫妻，她依旧是我此生最关心的人。那么我也希望把给她带来身心健康的方式，以带着爱的心情，传递给更多抑郁症患者。"

台下尖叫的分贝又翻了倍。

"抑郁不是病，没有爱才是病。"

这是该活动的口号。

当天，郁隆洋在自己的微博上发布这个口号的时候把它改写成"抑郁不是病，没有 Ai 才是病"。

小艾转发了这条，转发内容是：

"郁见你，是我拥有过的最好的事儿。"

这两条被转发了上万次，就这样，两个人在离婚之后，成为有口皆碑的"中国好前任"。

他们偶尔还会被拍到一起约早午餐或下午茶。

郁隆洋还会很自然地像以前一样在每一道点心上桌之后，都夹起来首先喂食小艾。

他们还会像以前一样分享一些除了自己只能对方知道的秘密，那些秘密，不论有多脆弱多可怜或多龌龊，都是真实的。

终究，他们是彼此唯一的"朋友"，是那种即使没有利益捆绑依旧相互信任的朋友。

公众为他们"分手亦是朋友"的画面唏嘘。

小艾和郁隆洋也有唏嘘。

总算联袂成功演出，他们谢幕之后还保有了最珍贵的真实。

小艾偶尔也会去看看关于她的那些流言。

那些质疑她实力的，为了合理化她的获得，就编造了一些故事。

在那些故事中，她要么很有心计，要么床上功夫了得，要么就有一到若干个势力了得的上层关系。

小艾想起她出道的时候，Andy 对她说的话，的确，这个世界上，有机会知道真相的人太少，配知道真相的人也太少了。

别说知道，事实是，大多数人对真相太缺乏基本想象力。

好像一个人获得了表面上的成功，需要的就是非奸即盗。

可如果心对心口对口地问自己，其实小艾也不知道，她拥有过获得过的这些，究竟是因为什么。

她小艾唱了半辈子情歌，讲了很多年爱情故事。然而，所有这些跟她有过亲密关系的男人，霍许、U3，也包括 Andy、陶源和郁隆洋，没有一个人，没有一个人让她真的明白什么是"爱情"。

那老莫呢？

当年老莫的不辞而别，让那段婚外情像一个石碑一样长久地挺立在小艾心里。

每当她被寂寞折磨得五脊六兽极需爱情的幻象时，老莫就及时出现，他成了她唯一放置爱情的对象。

时间久了，那成了一个难辨真伪的存在。

结果，他们重逢了。

为了这个重复，她鼓起勇气放弃了和郁隆洋当组合营造多年的完美人设。

老莫的太太几年前过世，死于乳腺癌。

小艾离婚之后，他们之间就再不存在法律或道德的障碍。

恢复单身的小艾慢慢地让老莫在她的生活中浮出水面。

令她意外的是，人民不仅快速接受了这个事件，还以狂欢的形式庆祝了这个事件。

毕竟在大多数人眼中，小艾是她和郁隆洋那场婚姻中的"弱者"。

一个弱者捷足先登是值得普天下浩浩荡荡的弱者群体以狂欢形式庆祝的。

就这样，小艾主动脱离了她和郁隆洋的表演，却无意中开启了她和老莫的表演。

他们开始频频在公众面前秀幸福。

此刻老莫的财力远在小艾之下，他的生意也因为资源有限早已停滞不前。

为了丰富他们爱情的画面，小艾自己掏钱买限量版的包包、买"鸽子蛋"，甚至买豪宅，再让宣传团队把这些东西写成老莫给她精心置办的礼物。

老莫在小艾的团队塑造之下是财大气粗的"宠妻狂魔"。

作为一个圈外人，老莫以惊人的天分很快适应了他的角色。他也无师自通地很快掌握了怎么用小艾这么个"名人伴侣"去激活他那些已是强弩之末的生意。

然而，讽刺的是，他们还在计划着结婚，小艾跟老莫，也不再有任何与情爱有关的室内活动了。

并没有什么阻止他们，也并没有一个节点宣告性爱的终止。

好像换季一般，就那么自然而然地，他们就不再渴望对方的身体。

小艾自己也忘了从哪天开始，每天她都会让自己在健身房待很久。也不知从哪天开始，小艾和老莫默契地选择了不同的卧室。

在离开郁隆洋之后，小艾彻底地理解了他，甚至，她对外部世界的态度，越来越像郁隆洋当年的样子。

有一天小艾陪老莫去谈一个项目，路过荷花市场，她忽然想起许多年之前她和他在人力车里的"野合"。

小艾问老莫还记得吗。

老莫说，当然记得。

小艾又问，那你怀念吗，我们那时候，那么鲜活。

老莫还没回答，手机响起来，他看了一眼来电显示就赶忙接起来。

等大声通完话，老莫激动地转头对小艾说："老婆，西城区对这片地方有一个改造计划，我让一朋友帮忙约主管这个项目的主任聊聊，你猜怎么着，这主任的夫人竟然是你的歌迷！刚才我那个朋友说了，只要你出席跟主任夫人吃个饭，咱们就能以理想的价格拿下了。低到什么程度，我说了你都不信！你看，那个二层楼，到时候，咱们二楼做个主题餐厅，一层开个卖文创产品的店，要是能把靠水边的那几间也拿下来，就改造成一片民宿，我连名字都想好了，就叫'Ai的小屋'！"

小艾说，我跟你回忆美好时光你怎么净说这些。

"我还没说完呢。"老莫看着结冰的后海继续畅想道，"所有这些产品，都用你的成名曲命名，就叫'Ai'。天使轮的钱我基本已经谈好了，等这些品牌起来了，再反向作用为你的 IP，找个好编剧写个本子，电影一启动，又能带动周边，那时候估计融到 C 轮了，咱们该留的留，该套现套现。再拍个爆款电影，故事就发生在后海边上，等本子写好，咱拿本子找找钱。我算了算，里外里少说也能挣个几千万。等那时候咱俩闲了，找编剧一聊，那故事里，就能把咱俩在人力车上的情节给加进去了。找个最红的小花演你！我都替导演想好怎么拍了：全景是人间四月天的小风吹着道路两旁的垂杨柳，嫩绿的新芽随风而动，接着是一个铃铛的特写，然后镜头过车夫的肩，推向车夫身后若隐若现的挂帘，两个人的四只脚本来放得好好的，忽然互相缠绕，音乐推起来，镜头从扭动的脚尖带到红色的帘子直接摇向天空，一片鸽子飞过去，鸽哨的声音响成一片。电影院里的观众都被意境吸引了，大家各自猜呢，只有咱俩知道到底发生了什么。哈哈哈。"

老莫说到激动处，转头看小艾，小艾脸上刚埋的蛋白线阻挡了她的情绪表达。

司机停好车，一路小跑绕过车头殷勤地过来给小艾开车门。

老莫从另一边车门走下来，从容地跟款款走下车的小艾会合，娴熟地握起小艾的手。

两人肩并肩手握手，仰望着斜前方的天空，像两个即将迎来新一轮挑战的战友。

老莫兴致高昂地继续说着他对未来的憧憬，那声音分明就响在耳边，可听起来越来越遥远。

小艾转头看着远处的牌楼。

北京的雾霾，模糊了一切。

小艾有点搞不懂老莫怎么能在这种天气里表达出艳阳高照的氛围。

她忽然想起郁隆洋有一次对她说的话："如果一个人的行为没人看，那行为本身就没有任何意义。"

那是郁隆洋的人生哲学，他也为此身体力行。

他做所有的事儿，都是为了演给人看，然而，这难道不才是他们这个行业的真谛和他们应该要恪守的"职业操守"？

小艾叹了口气，眯起眼睛，忽然就从改造得面目全非的道路上看到了二十年前的后海，也仿佛又重新看到了那天在人力车里发生的事儿。

一切都好像是不久之前。

小艾看着那时候的自己，那个遍体鳞伤的女孩儿，那个遍体鳞伤然而又无知无畏的女孩儿，那个除了年轻，什么都不拥有的自己，那个对"春去秋来"尚毫无知觉的自己。

小艾有点心酸，她在心里和那个年轻的自己深深拥抱，她想跟她说不用害怕，一切都会好起来，然而她说不出口，她知道伤痕尚未愈合，年轻就业已老去，没有任何获得真的填补过孤独。

如果真存在"天长地久"，也不过是不问前程地就那么走下去，在"假作真时真亦假"的人世间。

图书在版编目（CIP）数据

今晚月色好美 / 秋微著 . —长沙：湖南文艺出版社，2019.9

　ISBN 978-7-5404-9407-0

　Ⅰ . ①今… Ⅱ . ①秋… Ⅲ . ①中篇小说—小说集—中国—当代 Ⅳ . ① I247.5

中国版本图书馆 CIP 数据核字（2019）第 181822 号

上架建议：畅销 · 小说

JIN WAN YUESE HAO MEI
今晚月色好美

作　　者：秋　微
出 版 人：曾赛丰
责任编辑：薛　健　刘诗哲
监　　制：毛闽峰　李　娜
策划编辑：张　璐
特约编辑：王　静
营销编辑：吴　思　霍　静　焦亚楠
封面设计：尚燕平
版式设计：李　洁
出　　版：湖南文艺出版社
　　　　　（长沙市雨花区东二环一段 508 号　邮编：410014）
网　　址：www.hnwy.net
印　　刷：三河市百盛印装有限公司
经　　销：新华书店
开　　本：775mm × 1120mm　1/32
字　　数：176 千字
印　　张：8
版　　次：2019 年 9 月第 1 版
印　　次：2019 年 9 月第 1 次印刷
书　　号：ISBN 978-7-5404-9407-0
定　　价：42. 80 元

若有质量问题，请致电质量监督电话：010-59096394
团购电话：010-59320018